人生真的很好玩

是我玩這個世界，不是這個世界玩我

蔡瀾——著

自述／人生真的很好玩

我的名字叫蔡瀾，為什麼叫蔡瀾呢？因為我是在南洋出生的，我爸爸說：「你就叫蔡南吧，南方的南。」但是我有一個長輩，他的名字也有個「南」字，所以說不好、忌諱，就改成這個波瀾的「瀾」字了。古語也有云「七十而不逾矩」，「不逾矩」就是不必遵守規矩，一下子就活了。

人生真的不錯，真的好玩啊。有兩種想法，你如果是認為很好玩就好玩，你認為不好玩就不好玩。就像你走過去一出門，滿天烏鴉嘎嘎嘎地叫。這個很倒楣，但是你想，烏鴉是唯一在動物中間會把食物含著給爸爸媽媽吃的，這種動物很少，包括人類也少了。所以說在這麼短短的幾十年裡面，把人生看成好的，不要看成壞的，不要太灰暗。我最喜歡跟年輕人聊天，因為我想我可以跟他們溝通，我自己心態還算年輕。就是發現很多年輕人，還是跟我有一點代溝，就是我比他們更年輕一點。盡量地學習、盡量地經歷、盡量地旅遊、盡量地吃好東西，人生就比較美好一點，就這麼簡單。我喜歡看書，我喜歡看很多很多的書，什麼書我都看，小的時候就看《希臘神話》，喜歡看這些幻想的東西。我也喜歡旅行，一喜歡旅行眼界就開了，看人家怎麼過活。我在西班牙的時候去看外景，有一個老頭在釣魚，西班牙那個島叫伊比薩島，退休的嬉皮都喜歡住在那邊。這個老嬉皮在那邊釣魚，我一看前面那些魚很小了，我一轉過頭來，那邊的魚大得不得了。我說：「老頭，那邊魚大，為什麼在這邊釣？」他看著我說：「先生，我釣的是早餐。」沒錯，一句話把你的人生的貪婪，什麼都喚醒了。

在旅行中間，你可以學到很多很多的人生哲理。另外的一次，在印度的一座山上，對著整天煮雞給我吃那個老太太，我說：「我不要吃雞了，我要吃魚呀！」那老太太說：「什麼是魚？」她都沒看過，那是山上。我就拿了紙畫了一條魚給她，說：「你沒有吃過真可惜呀。」老太太望著我說：「先生，沒有吃過的東西有什麼可惜呢？」都是人生哲理。

我出道很早，我差不多十九歲已經開始做電影方面的工作了。那時候跟一些老前輩一坐下來，一桌子十二個人，我最年輕。但是我坐下來的時候，我已經在想有一天我會是在座中最老的呢。果然，這個好像一秒鐘以前的事。我昨天晚上跟人家去吃飯，我一坐下來已經是最老的了。所以不要以為時間很長，就是這麼一剎那就沒了。

提到墨西哥，我在墨西哥也住了一年，去到墨西哥的時候，我看到有人賣爆竹煙花，我想去買來放。我的朋友說：「蔡先生，不行，不行啊，死了人才放的呀！」為什麼死人要放煙花爆竹，其實他們那邊的人生活很辛苦，人很短命，跟死亡接觸得很多。那麼既然接觸得很多，為什麼不把死亡這件事情變成一種歡樂的事情呢？為什麼一定要活著才慶祝嘛，人死了就慶祝唄。

我認為年輕人要做什麼都可以的，只要有心的話，總有一天會做到，這個就是年輕的好處。在玩樂中體驗人生，在平常的煙火氣中感受生活的美好。我到一個餐廳去，我吃了很好吃的東西，我就寫文章來推薦給大家。因為做生意的確不容易，我不會隨便罵人。至少呢，我寫的那些文章人家拿去，可以彩色放大了以後貼在餐廳外面。你到香港去看好了，通通是，總之做什麼事情都要很用心去做，樣樣東西都學，有一本書教你怎麼做醬油的，我也買回來看。像我，我也練書法、刻圖章，學完了、學多了以後，就樣樣東西是專家。所以，人的本事越多越不怕。

有一次我坐飛機，晚上的飛機，深夜的飛機多數遇到氣流，這次飛機顛得很厲害，就一直顛、一直顛。顛就讓它顛吧，我就一直在喝酒。旁邊坐了一個澳洲大肥佬，一直在那抓，一直怕，一直抓，一直怕。好，飛機穩定下來了以後，他看著我，非常之滿意地看著我。他說：「喂，老兄你死過嗎？」「我活過。」

年輕人，總要有點理想，總要有點抱負，總要有點想做的事情，要做就盡量去做吧！

人間好物

目錄

CONTENTS

目錄
CONTENTS

人間有情

目錄

CONTENTS

目錄
CONTENTS

人間好物

樹有什麼好看的？首先，我們會感嘆造物者的神奇。一棵大樹，葉子至少有數十萬片，你想想，它要吸收多少水分才能讓這些兒女得到營養。看葉子的凋落，悲哀嗎？但到了翌年，樹上又長滿綠葉，這不過是一個成長的過程。釋迦在樹下，如何覺悟？

紙袋

滿街都是提著名牌皮包的人，日本女性造反，拿紙袋去也。

很高興能看到日本女人的抬頭，她們被壓抑了幾千年，到當今這二十一世紀，在一個文明、發達、開放的社會之中，女人還作奴作婢，就是一個大笑話了。

藝術方面，女性的地位早已提高，但在商界或政壇，女性地位的提升還是這幾年才出現的事，辦公室中，女人為男同事傾茶倒水，每天還是在發生，所以有很多思想獨立的女子跑到香港工作，都是因為在這裡的地位較高。

何止較高，應該說世界第一高吧，你放眼一看，除了修路工人，哪一行不是女人主宰著？當年的香港旅遊局，全是女人，本來縮稱HKTB（Hong Kong Tourism Board），後來被戲稱為HKTTB（Hong Kong Tai Tai Board）——香港太太局了。

不過日本還是一個集體行動的社會，沒什麼個人的意識，這種思想是根深蒂固的，你有我就有，一個買了LV，大家都要LV，得不到的話，連援交也幹。

那種歪風也吹到香港，在比例上還是很少，不過在媒體渲染下，以為很多罷了，其實發生在日本的現象，過幾個月後就影響到香港社會，名模也是同個道理，只不過人家教育水準普遍高，不當它是一回事，不會跑出來抗議一番，讓它自然消失。

我有一個朋友是做鑽石生意，他說全行業都知道，一克拉的鑽石，在日本最多，當他們在七十年代經濟起飛時，所有女人第一件事就是要得到一克拉鑽石，排在擁有名牌包包前面。

改用紙袋，是因為她們已有一個名牌的。日本人的底子還是很厚的，經濟泡沫破了二十多年，還夠吃夠穿。

那是因為他們不冒險，量入而出，才保得老本，才有條件把紙袋當時尚。唉，被男人欺壓了那麼久，買個皮包，買顆鑽石，慰藉自己一下也是應該的。

寫招牌

寫書法，是受父親的影響。小時候看他磨墨揮筆，佩服得不得了。家父的字，雖未達大師級，但也自成一格。

我字跡奇醜，至中年才下定決心，向馮康侯老師學寫字和刻圖章，但生性懶惰，沒下過苦功，寫出來的，只能算是見得人而已。

記得有人向父親求字，問筆潤若干。老人家不收，對方堅持，他只好說送幾個雞蛋就行。與他不同，我利慾薰心，國內菜館要我寫招牌，我獅子大開口，盛惠一字一萬大洋。說也奇怪，竟然有些生意，自己都不能相信。

清晨不寫稿時，便練字，寫些東坡禪詩，或喜歡的唐人絕句。到了過年，也寫些揮春，裱好了在小店「一樂也」賣，利潤捐給慈善機構。

至於友好，或街邊小販，那就分文不取。見菜市內有些攤子沒招牌，也自動為他們寫一個，好在對方不嫌棄，掛了出來。

凡遇煩惱，就寫《心經》。事前必恭恭敬敬，坐了下來，一字一字抄之，寫後有如雲開見月，百花盛放，身心舒暢。

衙前塱道上有一肉販，比較之下，發現此檔之肉最為新鮮，經常光顧。日前又去買豬肉，遇檔主吳先生，他說：「你從前寫的《心經》，我還掛在牆上。」

想起來了，當年我開始賣「暴暴茶」，沒什麼東西可以送給顧客，就寫了一篇《心經》，製版後用仿古宣印刷，分贈於人。記得寫漏了一字，還認為有缺點更好，沒去修正，那已經是二十多年前的事了。

見此賣肉者，每天接觸鮮血，但誦經之餘，已是職業一份，手沾不到了。甚有意思，可當成佛經故事。

返家後又焚香沐浴，為吳居士手抄一篇，拿到畫店裱好，雙手奉上。

對於書法，我也有些迷信：做過的電視節目，凡標題由查先生為我寫的，必有高收視率。多年來計有《嘆世界》、《逛菜欄》、《嘆名菜》等，七月初要做一個新的，又得去煩勞他老人家了。

蜻蜓隨想

每年的八月初，窗外蜻蜓滿天飛，多得數不清，煞是好看。

在西方，蜻蜓給人的印象並不十分好，挪威人和葡萄牙人都叫蜻蜓為「割眼睛的東西」，只有我們認為牠是益蟲，專吃討厭的蚊子。

有些蜻蜓的幼蟲孵化過程可能維持三年至五年，但一脫殼長成後，只有幾個月的壽命，一生整天飛，整天玩，真好。

越南人從蜻蜓身上得到生活的智慧，他們說：「高飛的蜻蜓，表示天晴；看到低飛的，就要下雨；飛在不高不低處，天陰。」

當頑童時，不懂得珍惜生命，常抓到一隻，用母親的縫衣線綁著，當成活生生的風箏來玩，現在想起，罪過罪過。

一兩隻，並不好看，多了，才有趣。一次在曼谷的文華東方酒店旁的湄南河畔，有無數的蜻蜓在飛，仔細觀察，才知道牠可以在空中靜止，隨風飄蕩，氣流一低，迫得下降時，只要微微振那透明的雙翼，又升起。

不只能停，蜻蜓是唯一一種能倒後飛，也可以左右上下飛的飛行動物，如果科學家在牠身上得到靈感，也許能夠創造出一種比直升機更靈活的交通工具來。

當蜻蜓在空中靜止時，我看到湄南河上的船隻航過，不久，又退回來；再前進，再退回，原來是河水注入海裡時，海水高漲發生的現象。

蜻蜓還有複眼，兩顆大眼球中包著無數的細眼。利用這個原理，當蜻蜓停下，我們輕輕走近牠，用手指在牠的眼處打圓圈，眼睛一多，看得頭暈，這時就可以把牠抓住。在日本長野縣拍《金燕子》一片的外景時，男主角大鬧情緒，吵著要回香港，我教他用這個方法抓蜻蜓，果然靈驗。一玩起來，脾氣不發了，電影繼續拍了下去。這是我喜歡講的蜻蜓故事，重播又重播，今天看到蜻蜓，又說一次。

但是最羡慕蜻蜓的，還是牠們能在空中交尾，如果人生之中能來那麼一次，滿足矣。

荷蘭牡丹

無數的花卉之中，我最喜歡的是荷蘭產的牡丹。

近年來，荷蘭輸入的已少見，今天在太子道西的花墟（花市），一間叫「遠東」的店裡找到。和鄰近的傳統花店不同，這家裝修得相當抽象，但不會新得令人感覺不舒服。走進去，那麼大的地方，並沒有擺滿花，只選突出的幾種陳列，再深入一點就不得了了，店的一半，是一個大的玻璃「冰箱」，裡面放著各種名貴的輸入花朵，讓客人走進去觀賞。那裡保持在攝氏八度，天氣那麼熱，就算不買花，到裡面「過冷河」（降溫），也爽快。

我要的牡丹也出現在眼前，每次看到它，就想起住在阿姆斯特丹的丁雄泉先生（畫家），他買花毫不吝嗇，一束數十朵，也是最愛牡丹。

有一天在他的畫室中，吃完飯後沒事做，就和他兒子玩摧花。

荷蘭牡丹的花苞最初只有嬰兒拳頭那麼一小粒，但盛開之後比一個湯碗還大，花瓣重疊又重疊。最令人感興趣的就是一朵牡丹，究竟有多少瓣？

逐一折花來數，到最後，才知道有二百八十多瓣，令人不可置信。

東方牡丹要仗綠葉來扶持，但荷蘭牡丹不必，葉呈長橢圓形，變化不大，亦只是普通綠色，不像中國牡丹那麼墨綠。荷蘭牡丹，擺在廳中，深夜還會發出陣陣幽香。

店裡的劉小姐說：「我們新加坡的經理是您姐姐的學生，聽說您要來，叫我替她請安。」

我笑著致謝，姐姐當南洋女子中學校長時學校每年約有三千個學生，校長一職一做數十年，學生個個都來打招呼的話，我會忙死了。

花店為新加坡人石學藩經營，鋪頭產業是自己的，才敢那麼玩，迫著交租的話，花又得擺得滿滿，沒地方呼吸了。

完美廚刀

北海道之旅，快要結束，當地觀光局推薦多個景點讓我們拍攝，但是日子短，我一個個剔除，最後選了「日本製鋼所」。

它是北海道最重要的工業，上市的股票排在前位。看煉鋼，我興趣不大，但是「日本製鋼所」為了名譽，還附帶開了「瑞泉鍛刀所」，從來沒有對外開放過，因此其成為此行的目的。

鍛刀所在一九一八年成立，為了保存日本刀的製作手藝。第二次世界大戰後，鍛刀被禁止，這門藝術要是不保留，就會慢慢失傳。

當今，日本刀被當成美術品鑒賞，我們看的是第六代傳人堀井胤匡的技巧，日本刀由低碳素素材和高碳素素材兩種鋼皮製成，取前者的硬度和後者的鋒利。二鐵包了又包，打了又打，最後磨利完成。製作過程見習後，我問該公司的經理：「買一把，要多少錢？」「一百萬日幣左右。」他說。以當今匯率換算，是八萬五千港幣，我心中有數。

事因我號召的旅行團中有位小朋友，父母都是知識分子和美食家，教他看書和享受美食美酒。一連十年了，我們每個農曆新年都一起度過，看小朋友的長成，感到無限的歡慰。

「長大了要做什麼？」我從小問他。「當廚師。」小朋友回答。多年來都是同一個問題，也是同一個答案。

當今他學業已成，不過還是想學燒菜，他父母拗不過他，讓他到倫敦的藍帶學院學習。他向我提出：「我想買把日本的好刀。」

我替他查問又查問，日本廚刀，用來用去只是三把：切菜的，殺魚的和片肉的。製造日本廚刀的名人可不少，各自精彩，但提到西洋廚刀，他們都不屑一顧。

當今已找到了門路，只要問小朋友他需要的刀的尺寸和厚度，就可以請那位國寶級的大師鍛一把，終生使用，不貴不貴。

蠔殼

一向用慣了新秀麗（Samsonite）的旅行用品，後來邂逅了途明（TUMI），便移情別戀，因為後者答應永遠為我服務。

用完之後發現途明雖然是纖維布質，還是相當重的，但為了耐用，這不算是什麼大缺點。正在這麼想的時候，忽然，手提行李箱的把手斷掉了，還不到一年，怎麼可能？

公司當然答應為我更換，因為不能再修理了，可是我已在它上面畫畫，而且非常滿意，後來再也創作不出那個味道。換一個新的給我，又如何？

熱愛途明的時候，連錢包也用同家廠做的，不到一陣子，錢包也破掉了。

漸漸地，我對這位新寵有點厭倦，還是回到了新秀麗的懷抱。尤其是那個大行李箱，已畫了兩隻貓，不想再換新的了。

這個稱為「蠔殼」的新秀麗，至少跟隨了我二十年，硬化塑膠製造，內部沒有布質的，更不容易損壞，簡簡單單的一個殼罷了。

一天，像人老了掉牙一樣，一個輪子脫落。旅行途中，拉不動，啼笑皆非。

回到香港後即刻去找，可能是太過耐用的關係，已經不出蠔殼。終於在油麻地的永安看到一個剩貨，大減價，只賣八百港幣。這個箱子的設計已比老的那個進步，裡面有掛西裝的架子，並教旅客如何折疊，才不起皺紋，更加好用。

鎖是密碼鎖，自以為用慣新秀麗，不看說明書就亂按，結果步驟錯誤，打不開，只有運到海運大廈的總行請人搞定，順便把舊的那個拿去看看是否能修理。

以為要大師傅，原來店小姐很輕易地替我換上一個輪子，就可如常使用。新的那個現在放在貯藏室，等舊的爛掉再搬出來吧。不過今生，可能用不到也。

砂糖橘

有一肚子怨氣時，最好去遊菜市場。

今天一大早，到了春秧街，看到眾人買菜，感到一陣陣的溫暖，是由熱愛生命的群眾發出。

這是香港最便宜的菜市場之一，所謂菜市，也不是集中在一間大廈，而是擺在道路的兩旁的菜檔魚檔，顧客人山人海。

最喜歡看人家賣魚，那麼大的一尾剝皮魚，至少兩尺長，也不過賣四十多塊。這一帶福建人多，最愛海產了，其中還夾著幾尾亮晶晶的魚。咦？那不是來自台灣的虱目魚嗎？此魚骨多，但非常鮮美，肚子充滿肥膏，可請小販殺了，用豆豉蒸，不遜游水海鮮。

看見一條不知名的，問小販：「那是什麼魚？」

「斑。」對方回答。當今什麼魚，一叫不出，就是斑。

所有魚類，我最不喜歡的就是石斑，嫌肉硬，又粗糙，從前的野生石斑還有點甜味，當今多是飼養，不如吃發泡膠好過。

賣螃蟹的檔口（小店）也不少，各類蟹，來自越南或老撾（寮國）。看見小販把一隻蟹的殼用利刀削開，露出全身的紅膏來。如果肉蟹和膏蟹給我選，我當然要後者，不管是清蒸或做紅飯，都比肉蟹美味。

如果嫌貴，可買那殼上有三個斑點的蟹，秋天當季，也是全殼膏，肉結實，甚美，價錢便宜得令人發笑。

走過水果攤，一盤盤的蘋果，紅得誘人，才十塊錢，而且個個美好，不是賣不出去的。日本人將剩貨疊成一個山形，賤價出售，稱為「一山」，如果女兒還嫁不出去，父母親就會說：「要等到變成『一山』嗎？」

見砂糖橘已上市，又回憶起蘇美璐的小女兒，數年前她們來澳門開畫展，我不停地買甜若砂糖的橘子給她吃。一年復一年，我每次見到砂糖橘，就想起她。蘇美璐的電子郵件中說，她已長得亭亭玉立了。

土炮

到各地旅行，最愛喝的是當地的土炮（當地炮製的酒），最原汁原味，與食物配合得最佳。

在韓國，非喝他們的馬格利（Makkoli）不可，那是一種稠酒般的飲料，酒糟味很重，不停地發酵，越發酵越酸，酒精的含量也越多。

當年韓國貧窮，不許國民每天吃白米飯，一定要混上些小麥或高粱等雜糧，馬格利也不用純米釀，顏色像咖啡加奶，很恐怖，但也非常可口，和烤肉一塊吃喝，天衣無縫。

後來在日本的韓國街中，喝到純白米釀的馬格利，才知道它無比地香醇，買了一千八百毫升的一大瓶回家，坐在電車上，搖搖晃晃的，還在發酵的酒中氣泡膨脹了，忽然「啪」的一聲，瓶塞飛出，酒灑得整車，記憶猶新。

當今這種土炮已變成了時尚，韓國各餐廳都出售，可惜的是加了防腐劑，停止發酵，就沒那麼好喝了。去到鄉下，還可以喝到剛釀好的，酸酸甜甜，很容易入喉，一下子就醉。

義大利土炮叫Grappa，我把它翻譯成「可樂葩」，它用葡萄皮和枝釀製，蒸餾了又蒸餾，酒精度數高，本來是用作飯後酒，但餐前灌它一兩杯，那頓飯一定吃得興高采烈，而且胃口大開，才明白義大利人為什麼把那一大碟義大利麵當為前菜。

前南斯拉夫人的土炮叫 Slivovitz，用杏子做的，也是提煉又提煉，致命地強烈，他們不是一杯杯算，而是按英尺（1 英尺＝ 0.3048 公尺）算，用小玻璃瓶裝著，排成一英尺。南斯拉夫食物粗糙，喝到半英尺，什麼難吃的都能吞下。

土耳其的 Raki 和希臘的 Ouzo，都是強烈的茴香味濃烈酒，和法國鄉下人喝的 Ricard 以及 Pernod 都屬同一派的，只有這種土炮不用與食物配合，被當成消化劑喝，它勾了水之後顏色像滴露，喝了味道也像滴露。

天下最厲害的土炮，應該是法國的 Absente，顏色碧綠得有點像毒藥，喝了會產生幻覺，我猜測梵谷的名畫《星夜》就是他喝了這種酒後畫出來的，當今也有出售，可惜已不迷幻了。

湯麵

過完年去星馬，先在新加坡逗留幾小時，拜祭父母，接著和家人聚餐。

「發記」主人李長豪當今囤積大量乾鮑，雖然不是吉品鮑，但經他的廚藝，澳洲乾鮑也成佳餚，比那些把吉品鮑暴殄天物亂煮的好吃，各位去了新加坡，在他的餐廳一試，就知道我沒說錯。

前些日子，李長豪邀請我到台中去，那裡有一家工廠代他把乾鮑入罐。參觀後覺得不但甚有規模，而且做得一塵不染，每晚在收工前將機器洗淨，翌日一隻蒼蠅也見不到。

乾鮑從澳洲來到新加坡，再轉運去台灣，由李長豪調味，工廠計算高溫殺菌後的軟熟度再入罐。空罐頭內層塗有特別原料，這麼一來一點罐頭味道也沒了，像是由廚房炮製出來。

除了乾鮑，工廠還生產魚翅，台灣海域鯊魚多，漁民捕捉後肉也食用，骨頭熬湯，並不浪費。新鮮魚翅製成一排裝進塑膠袋裡，不必經過曬乾過程，據說也較鮮美。

熬魚翅的湯用老母雞來煲，我在農場中看到一隻隻巨大的雞，遍地奔跑，有些甚至飛上枝頭。老母雞肉硬，用來煲湯最有甜味，肉又不會散，小雞的話，早就溶掉了。

分開包裝，翅一包，湯一包，真空處理，存久不壞。吃時二者合一，加熱即成。但價錢不菲，一份要賣到一千五百港幣左右，夠五人食用。

除雞湯之外，也可以用相同方法處理金華火腿，此產品在外國禁止輸入，如果能熬成湯裝進罐頭就沒有問題。

二流餐廳，用真空包裝的給客人吃，好過自己做。魚翅很貴，但用價廉的魚翅罐頭代之，一方面，也是消極的環保，不必殺那麼多鯊魚。

李長豪送了我一套，我是拒絕吃魚翅的，只要了那包老母雞湯，過年出發到日本之前煮熱，加入一包「好勁道天禧麵線」。這個湯麵，最為豪華，不錯不錯。

櫻桃

這次到山形縣，主要的是吃櫻桃。日本到處有櫻花，盛開時一片櫻海，那麼，結成果實，不是不得了嗎？

要知道，櫻花樹與櫻桃樹是不同的，後者屬於薔薇科。在瑞士已出土的有石器時代的櫻桃種子；靠渡鴉，櫻桃分布於世界各國。

到明治初年，日本才從美國引入櫻桃，但初期因溼氣多，果實裂開，多為劣貨，後來經過改良又改良，才有當今的成果。

世界上櫻桃的種類有一千種以上，日本約三十種，最著名的為「佐藤錦」、「高砂」、「南陽」、「拿破崙」等。

山形縣東根市的佐藤榮助研究了十六年，為了避免雨水過多，搭棚來遮，開花後為不讓冰霜所傷害，也要以溫室處理，多種花粉的交配之下，於一九二八年成功推出「佐藤錦」。日語佐藤（Sato），發音同「砂糖」，也有砂糖的意思，櫻桃像糖那麼甜，因而命名為「佐藤錦」。

櫻桃通常在五月二十日到六月上旬就能上市，這時候的櫻桃還不是太好吃，從六月中旬到七月上旬才是櫻桃最成熟的時候，我們趁這時期到達果園。

塑膠大棚有二十幾英尺高，蓋著十幾英尺高的櫻桃樹，任採。日本人一向愛乾淨，問說：「核怎麼處理？」

「丟在地上好了。」園主回答。這下可樂了，大家亂吐。一下子吃了幾十顆，應該夠本，在東京的「千疋屋」高級水果店，一小木盒二十顆，賣到一萬多日元不出奇，平均一顆港幣二十元左右。

但是真的有砂糖那麼甜嗎？又不是。園主說越高的越好，我們都爬上梯子去，採到另一種叫「紅秀峰」新品種，較佳。園主又拚命解釋，說今年雨水特別多，搭棚也擋不住，我們無奈，希望明年造訪時再吃。

回到餐館，山形縣的知事吉村美榮子，奉上一盒紅似番茄的「紅秀峰」，那倒是像當地人說的「田中紅寶石」了，甜得不得了，與美國、澳洲的紫色品種，有天淵之別。

人生必到的小島

馬爾地夫的四季酒店有四十九間別墅，管理人員則有四百人。養活四百人的大家庭不易，這麼算，不會覺得太貴。況且一切食物和飲品都要由鄰國輸入，島上可以自己發電和淡化海水。

游泳是主要的活動，不怕被巨浪吞噬嗎？在小島周圍游泳是絕對地安全，原因在海浪打在遠處。被一團珊瑚礁擋住，酒店的周圍，等於是一個巨大無比的游泳池。

其他的活動包括乘坐遊艇出海看海豚。此處的海豚已把遊艇當成卡拉OK，艇中播放音樂時，海豚就在你身邊跳舞。

你還可以選擇划玻璃底的小船，或者衝浪，等等。暈船的人可在島上上瑜伽課，向大廚學習燒幾味菜。遊戲室中，有桌球可打，「大富翁」任借，但島上只有「一千零一副」的麻將牌，好雀戰的朋友最好自己帶。有一個大圖書館，裡面也有各種電影的DVD借用，每間房都有機器可放映，島上，是不愁寂寞的。

如今，所有高級酒店或度假村，沒有了SPA好像說不過去。這裡的要乘一隻小艇，幾分鐘就可以到另一個水療島去。

一間間的小室，裡面設著按摩床，客人俯臥，下面開著一個玻璃窗口，可以看到不會咬人的小鯊魚游過。

按摩當然有好幾種，泰式、印度式、巴厘式等等，但是去到任何水療室，一定得僱當地的，馬爾地夫的庫達胡拉（Kuda Huraa）那個地方，綜合了印度和馬來技巧，是種新體驗。但是如果你在泰國享受過此服務，其他任何地方的都不會讓你滿足。

酒店經理叫桑吉夫．胡盧加萊（Sanjiv Hulugalle），年輕英俊，迷倒不少歐洲遊客，他親自招呼打點，有什麼投訴，即刻更正。

四天三夜的旅程很快過去，我們將飛吉隆坡，大吃中國菜去。

值得嗎？值得嗎？我不停地問周圍的友人。大家的答案幾乎一致：「再也不必去次等的小島海灘。人生在死之前，來一次，是值得的。」

回到兒時

芫荽是一種奇異的香草，你只有喜歡或討厭，沒有中間路線。我這種個性愛恨分明的人，對它是鍾情的。

小時候一吃，覺得很怪，即刻吐出。近來有篇醫學報告，說人的味覺，是從記憶中找尋出來的，也許，當年我聯想到的是臭蟲。

不是沒有根據的，芫荽原產於地中海地域，拉丁名的意思是臭蟲。更深一層的研究說，芫荽的分子之中有種叫「aldehyde」（醛）的成分，和肥皂及臭蟲中找到的一樣。

長大了，不停地接觸令我慢慢接受了芫荽，我已改變了飲食習慣，當看到別的小孩子把芫荽碎從湯裡挑出，反覺厭煩。

又在不知不覺之中，我越來越喜歡吃芫荽，這可能與我在外國旅行有關。去泰國，他們的沙拉中無芫荽不歡，印度人更是把芫荽籽磨末，當作咖哩的主要成分。西班牙人和葡萄牙人有種芫荽湯，製作時大量使用芫荽。越南人也是愛芫荽一族。中國人更愛芫荽，叫成香菜。只有日本人對它不熟悉，一嘗即吐，可是一旦愛上中華料理，又拚命添加。

不只味道好，顏色還非常漂亮，你有沒有試過芫荽鯇魚湯？它是將大把芫荽滾了，下鯇魚片去灼熟。整碗清燉出來的，除了鹽什麼調味料都不必加，上桌時湯的顏色碧綠，香味撲鼻，是一項極為好喝的湯，尤其是在宿醉之後，喝了它，即解酒。

芫荽英文名叫「Coriander」，不能和西洋芫荽的「Parsley」混淆，後者只是樣子有點像，但葉極大，在外國購買，還是叫「Cilantro」較妥。

也許是我這個寫食經的人，味覺較為靈敏，我發現當今的芫荽，完全走了味，一點也不像從前吃的。

問友人，大家不覺得，說我發神經，但事實的確如此，不知道是否與將基因改造使之產量增大有關。當今我吃東西，回到兒時，把芫荽從湯中夾起，一片片，擺滿桌面。

悶蛋都市

有時，在報紙上看到選什麼什麼，是天下第一，不可相信。

首先，要看是什麼機構辦的。像今天看到的世界最宜居都市排行榜，是一家所謂國際著名人力資源顧問公司「美世」（Mercer）的報告。

且聽他們怎麼說吧：奧地利首都維也納全世界最宜居。

維也納？除非你是貝多芬上身，怎麼能稱得上最宜居？第一，東西貴得要死。第二，整個都市小得可憐，購物也只是那一兩條街。第三，除了法蘭克福香腸（也就是我們說的維也納香腸，此二地是互名稱之），沒有美食。最致命的，還是悶、悶、悶。

這都市兩三天就給你跑完，剩下的所謂美景，都是美得太完美、太不自然、太循規蹈矩了。像以它為背景的《真善美》一樣，看完沒有缺點，只覺悶出鳥來。如果我是間諜，只要迫我看這部電影三次，我什麼祕密都招供出來。

第二名是瑞士的蘇黎世。我們都知道那邊叫一碟揚州炒飯要三五百塊港幣，如果選天下第一難吃，那麼此飯當之無愧。

第三又是瑞士，這回是日內瓦。要是你一世想生活在童話世界，毫無疑問是美好的。其他的，正如奧森·威爾斯在《黑獄亡魂》中的對白：「瑞士有什麼？除了他們的咕咕鐘。」

第四是加拿大的溫哥華。環境優美、寧靜純樸，居住置業理想之地，他們這麼說。好了，我想請問：「為什麼那麼多移民過去的人，都回流了？」

第五更可怕，是紐西蘭的奧克蘭。雖說人口和遊艇的比例，是全球最高，那麼喜歡乘船的話，還不如住大海去。

第六是德國的杜塞道夫，第七又是德國，法蘭克福。第八，再次是德國，慕尼黑。第九，瑞士的伯恩。第十，澳洲的雪梨。

你會發現這些地方有一個共同點，不是悶是什麼？當然，是悶蛋、笨蛋選出來的，切莫信之。

散納吐精

小時候，父母都逼我們吃一種補腦的藥品，名為「散納吐精」（Sanatogen）。一大湯匙黃顏色的粉吞下，味道可真難聞，有點像曱甴（yuēyóu，多用於方言，指蟑螂）的排泄物，雖然我們都不知道曱甴的排泄物是怎麼一個味道，總之最難聞的，都稱為曱甴的排泄物，吃了進去，即刻想吐。看瓶子的招牌寫吐精，當年還沒有長大，不知精是怎麼一回事，想吐就是，管它什麼精。

說明書上，也無壯腦的句子，說是多種維生素罷了，不知怎麼會把腦子和它拉上關係，一傳十十傳百，所有的家長都被這個產品迷住，反正自己不用服，難不難吃無所謂。

看它的成分說明，只是些碳水化合物、脂肪和蛋白質，有一項提及精力，究竟是什麼精力，也不加注解，總之有勁就是，會增加體力，尤其是在生病和受傷之後，又說對嬰兒和剛生育完的母親有幫助。說明中也提到它有高成分的「酪蛋白」，也叫為「乾酪素」，大概是從乳酪中提煉出來的東西。那麼，為什麼不乾脆吃乳酪？為了知道多一點關於「散納吐精」的資料，試試上網找。網站中只解釋維生素的作用，可能這家廠已轉型，變成賣其他成藥了。

去藥房找，店的年輕夥計瞪大了眼望我，像看到一個瘋子。

「吐什麼精？」他問。店裡走出一個老頭，可能是他爸爸，向他喊道：「補腦粉嘛！」

「唔，你要吃補腦粉，何必一定買這牌子的東西，我們店其他產品多的是，介紹你幾種別的。」他說。

我搖頭，算了。走出店外，小時吃了那麼多，是白白浪費了，至今頭腦還是不好，但那股甲由味猶在口中。吃的，只是份盲目的愛。

貴衣

天下最貴的衣料，是藏羚羊毛紡織的，名叫沙圖什（Shatoosh）。藏羚羊的羊絨非常細，是人頭髮的五分之一，織出的衣料最為保溫，而且柔軟，輕飄無比，薄如蟬翼，一大張披肩穿過一個戒指，一點問題也沒有。

但已不是價錢問題，藏羚羊被不法分子屠殺得七七八八，你還披上一件的話，在歐洲會被淋紅漆，別說敢不敢買了。

次一級的叫羊駝絨（Vicuna），從南美洲的羊駝頸項取毛，沒有傷害到動物，可以在市面上公開販賣，一件羊駝絨短夾克，也要賣到二三十萬港幣了。

可憐的綿羊毛，不夠暖嗎？也不是，高級的喀什米爾（Cashmere）照樣不便宜，那是採自北印度的小綿羊頸毛做的。但商人魚目混珠，什麼叫真正的喀什米爾越搞越糊塗，消費者只有靠名牌公司來認貨。

綿羊其他部分的毛也不錯，重了一點罷了，但沒人稀罕，如果不是求輕，那麼大家寧願買駱駝毛去，其實也很好用，價錢也合理。

總之一多，就不值錢了，商人找來找去，找到西藏的犛牛毛，當然不是外層粗糙的，而是裡面的細毛，這個部分的毛，如不採取，天氣一熱也會掉落，廢物利用罷了。當今，這衣料被登喜路（Dunhill）公司開發，推出一些珍貴的限量版來。

熱起來有什麼花樣？義大利品牌諾悠翩雅（Loro Piana）發現了一種生長在緬甸的蓮花，用它的莖來抽絲，織成又輕又有光澤的薄料子。得多少蓮梗才能做成，價錢當然也不菲，上衣一件，約五六萬港幣吧。

貴嗎？當然貴，但若你的家產上億的話，這數目就是像你我花的一千幾百元而已了，不過，有錢的人不少，但懂得花錢的，畢竟不多，他們也不一定肯買，還是那麼一句老話：賺錢是一種本領，花錢才是藝術。

但等到你會花錢時，身體又胖了起來，貴衫再也穿不下。到頭來，人還是要活得優雅，才有資格穿好的料子，而活得優雅的人，身材保持不變，這種人，一件好料子的衣服可以穿上幾十年。貴衣，再也不貴了。

老酒

倪太抱恙，報喜不報憂，本來不想寫的，後來見週刊也報導，就寫幾筆。

這些日子來，倪匡兄愁眉苦臉，愛妻心切，表現無遺。到底是幾十年的結合，快樂與痛苦都經歷過，如今長廝守，足見情深。

一直嚷著喝酒的配額已滿，和倪匡兄一塊吃飯時也見證了他滴酒不沾，但如今過於擔憂，也開始喝起白蘭地來。

或者是這個外星人洞悉天機，在他不喝的歲月中，看見了友人帶來的好白蘭地，不管三七二十一，都沒收。

「你又不喝，藏那麼多幹什麼？」我在他家看到架子上一瓶瓶佳釀時問。

倪匡兄只是微笑，不語。這些酒，剛好用來慰藉近日的愁腸，一瓶又一瓶，已被他乾盡。

那怎麼辦？只有去買了。市面上的所謂上好白蘭地，一進喉即刻皺眉頭，他說：「這種酒怎麼喝得下去？」

其實烈酒，一入瓶也就停止呼吸，不像紅酒那麼越舊越醇。老酒和新酒，又有什麼分別呢？這是外行話，數十年前的XO，甚至VSOP，酒質極佳，那時欣賞的人不多，才會保持那種水準。今人們大量飲用，哪兒來的那麼多好酒？所以大多數是亂七八糟勾兌成的，倪匡兄懂貨，才喝不下去。

到酒莊去找，一瓶十年前的已賣到四五千元，二十年的達上萬元，如果是特別年份的，更已是拍賣的天價了。豈有此理？有市就有價，你不買，國內人士搶著要。

不過倪匡兄也是能屈能伸，他向我說：「喝普通伏特加好了，用你教我的方法，放在冰格裡面，凍得像糖漿一般稠，也好喝到極點。」

外面下雪

外面下雪。

從落地玻璃窗望出，庭院中的松樹像一把把的大雨傘，但只見骨，原來立了一根高柱，從上面掛下一條條的繩子，把樹枝綁起來，預防積雪把它們壓斷。

又看到一朵朵的紅花，那是一種叫寒山花的植物，專在雪中怒放。

屋簷下懸的冰柱，那麼尖銳，偵探小說中是否可以用它來殺人，警方永遠找不到兇器？

忽然，感到一陣寒意，披衣泡溫泉去。

回房間對空白的稿紙，一個字也寫不出，又呆呆地望向窗外。

有一串腳印，是隻野兔留下，或者是小狐狸？在那麼惡劣的環境之下還能生存，為什麼人類的意志比牠們薄弱？

寒山花的花瓣被風吹散，落在雪地上有如鮮血斑斑，未開的花蕊又長了出來。

想起父親，生我時比我現在年輕。一代又一代，花開花落，回憶兄長的笑容，為什麼當年我只會憤怒？

坐在榻榻米上，小桌子上鋪一張被，蓋住伸進去的腳。桌下有個火爐，溫暖下半身，令人昏昏欲睡。

夢見丁雄泉先生，他的病已痊癒，拉我去天香樓，叫了一桌子的菜，還有醉人的花雕。

背脊還是有點冷，起身，再次泡溫泉。回房，又見那空白的稿紙。

有什麼好過由香港帶來的普洱？沏了一杯濃如墨汁的，肚子裡沒有嘛。

天漸黑，吃飯過後，床已鋪好，就那麼睡吧，黎明起身再寫稿，去年農曆新年也一樣過，像是昨天的事。今晚睡醒，又是明年除夕。

外面下雪。

什麼什麼油

小時乘巴士，沒有冷氣，下起雨來閉窗，悶死。又有人擦起萬金油或白花油來，那股濃味實在難聞，因此引發懼畏症。

基本上我怕的是薄荷，這些什麼什麼油都加了薄荷。有沒有效我不加研究，薄荷塗了上去發熱，過後變涼，而且有點麻痹。這種感覺是即刻有效果的，給人一個能治病的印象。

頭一暈，用什麼什麼油擦了就好。暈船暈車都管用，牙痛、喉嚨痛立即痊癒，傷風感冒亦可驅逐，簡直是神仙膏、上帝水嘛，哪有這麼厲害的靈藥？

我一聞到萬金油、白花油，掩鼻就走，對它們的憎恨，只有增加沒有減少。

隨著年齡大了，有許多習慣都更改，像從前只穿藍與黑，當今已有褐色衣服；像從前不喜歡西餐，現在也能吃吃，但就是對萬金油、白花油的厭惡不變。

這種東西，聯想起來，與年老有關，偏偏有些年輕人也染上此癖，塗個不停。

日前讀雜誌，有個新進女歌手也好此物。看了毛骨悚然，如果半夜起身，旁邊睡了個萬金油、白花油女郎，我一定把她踢下去。

更恐怖的是有些人不只塗，還喝。

有個朋友肚子痛，他用杯滾水，加幾滴白花油，說能治好。上帝原諒，他不知道他自己在做些什麼。

至於尊敬的長輩塗萬金油、白花油，我很例外地接受了。

這時，好像從薄荷之中嗅到了薰衣草。不不，是玫瑰吧？又不像，似白蘭和薑花多一點。什麼什麼油，變成香的。

疳積散

在九龍城衙前塱道七十四號的「義香豆品」店，其他客人喝豆漿，我則喜歡吃他們做的大菜糕。

這種從海帶提煉出來的東方啫喱（果凍），小時候吃過就忘不了，南洋人把香蘭葉汁混進去，變成綠色，再加椰漿。椰漿分子較輕，會浮在香蘭葉汁上面，變成兩層。

香港人吃法不同，趁大菜滾了還沒有凝固之前打一個雞蛋進去，胡攪一番後一絲絲的，做成的大菜糕像透明的大理石。

老闆陳彩鳳很辛勤，和她哥哥陳汝新兩人，從早到晚守著店鋪。母親已退休。

「你媽媽好嗎？」一位七八十歲的老頭背一個鐵箱走過，向彩鳳問候。

「謝謝您，很好。」彩鳳說完煎了幾塊釀豆腐送給老頭，不收錢。

「他從小看著我長大的。」彩鳳轉頭告訴我。

「賣糖薄餅嗎？」我問。「不。」彩鳳說，「賣疳積散。」

這個行業多數用一隻猴子招來，我沒看到所以誤會了，小聲問：「怎麼不帶猴子？」

「小孩子亂逗牠，把他們抓傷了，現在放在家。」彩鳳解釋。

「今天一包都沒賣出去。」老頭嘆氣。當今誰會買疳積散呢？連疳積是什麼東西聽也沒聽過吧？我向老頭要了兩包。

「細路哥（小朋友）多少歲了？」他大概要告訴我怎麼服食。

我一下子不知道怎麼回答，他的自尊心很強，彩鳳幫我打圓場：「蔡先生買來送人的。」

回家仔細看紙包，背面印五個嬰兒玩球球的版畫，裸著身，可愛得很。前面有張照片，寫陳標記小兒疳積散，照片有父子二人，還有一隻猴子。

人間好吃

還我天然，還我純樸。冬瓜豆腐我來得個喜歡，豆芽炒豆卜更是百食不厭的，任何最普通的材料都能做出美味的菜來，問題是肯不肯花時間去找，肯不肯花功夫去做。能夠把平常的食物變成佳餚，是藝術，不遜於繪畫、文學和音樂。人生享受也。

會吃

「你這一生，吃過最好吃的是什麼？」

我常被人家問這些問題。一時，真是想不出是什麼。

敷衍又是很行貨的答案，我回答：「和好朋友吃的東西，都是最好。」

或者：「媽媽燒的菜，最好。」

「不行，不行。」小朋友又問，「要具體一點，到底是什麼？」

想來想去，只有回答是豆芽炒豆卜了。

絕對不是胡說，豆芽炒豆卜的確百食不厭，但是要炒得好也不容易，很多次都吃到水汪汪、乾癟癟像老太婆的手指的豆芽。而且，鹹淡控制得不好，一點味道也沒有。

豆芽炒豆卜，先要將前者的尾部折去，才好看，至於豆芽頭上那顆豆，需保留，否則成為銀白白，沒有一點綠色，也不美觀，後者切成細條或小三角，總之不能整塊上。

這道菜是唯一不必用豬油也美味的，在鍋中下點玉米油或芥花籽油，花生油可免則免，此油個性太強，時干擾主人。用橄欖油為上乘，山茶花油更是上上乘。

待油冒煙，把豆芽和豆卜下鍋，兜幾下，即加魚露，我們這種未能食素的俗人，還是帶點腥氣，才夠惹味，再炒幾下，即能上桌。

我說過，烹調之道，絕非什麼高科技，失敗一兩次，一定成功，所以不要害怕嘗試，任何人一學就會。

好吃與否，是相對的，沒有尺寸或斤兩可以量之。每次試菜，或覺難咽，或感味佳，都是由從前吃過的經驗來判斷。

初吃鵝肝醬，是便宜貨，害我二十年來對鵝肝醬印象極差，後來到了法國鄉下吃到好的，才知天下竟有此等美味。試得多，越吃越精。

很多人都說：「你真會吃。」

我謙虛地說：「我不會吃，我只會比較。」

白灼

把生的食物變成熟的，最好的方法莫過於白灼了。

原汁原味，灼完的湯又可口，何樂不為？

但是生血淋淋的豬內臟之一類，不能吃半生熟；過熟的話，肉質變老了，吃起來像嚼發泡膠，暴殄天物。

要灼得剛好，實在要多年的下廚經驗才能做到。

有一個簡單的方法可以試試，那就是鍋子要大，滾了一鍋水，下點油鹽，把肉切成薄片後扔進去。水被冷的肉類衝擊，就不滾了。這時，用個鐵網勺子把肉撈起，等待水再次滾了，又把肉扔進去，即刻熄火。餘熱會把肉弄得剛剛夠熟，是完美的白灼。

有很多道地的小吃都是以白灼為主，像福建的街邊檔，一格格的格子中擺著已經準備好的豬肝、豬心、豬舌等。客人要一碗麵的話，在另一個爐中煮熟，再將上述食料灼一灼，半生熟狀鋪在麵上，最後淋上最滾最熱的湯，即成，這碗豬雜麵，天下美味。

香港的雲吞麵檔有時也賣白灼牛肉，但可惜牛肉都經過蘇打粉醃泡，灼出來的東西雖然軟熟，但也沒什麼牛肉味可言。

懷念的是避風塘當年的白灼粉腸。粉腸是豬雜中最難處理的，要將它灼得剛剛好只有艇上的小販才做得到。灼後淋上熟油和生抽，那種美味自從避風塘消失後就沒嘗過。

其實任何食物都可以用白灼來做，總比炸的和烤的簡單，如果時間無法控制的話，就選豬頸肉好了，它過老了也不會硬的。

一般人都以為蠔油和白灼是最佳拍檔，但我認為蠔油最破壞白灼的精神，把食物千篇一律化。要加蠔油的話，不如舀一湯匙凝固後的豬油，看那團白色的東西在灼熟的菜肉上慢慢溶化。此時香味撲鼻，讓人連吞白飯三大碗，面不改色。

談吃

發現順德人和法國人有一個共同點，那就是大家都喜談吃。

「我媽媽做的魚皮餃才是最好吃的。」順德朋友都向我這麼說。

「啊，普羅旺斯，」法國朋友說，「那才是真正的法國。那邊的菜，才像菜。」

其實東莞的菜也不錯，只是東莞人默默耕耘，不太出聲罷了。義大利人和西班牙人也很會吃，他們認為食物和性一樣，不必太過公開。

還是很佩服順德人，見過他們的廚子的刀章，把一節節的排骨斬得大小都一樣，炒也炒得把汁都炒乾，可真不容易。

我們一直以中國菜自大，但法國菜聞名於世實在也有它們的道理，法國廚子把鵝頸的骨頭拆掉，釀進鵝肝醬的手藝，不遜中國廚子的花巧。

順德人和法國人不停告訴你吃過什麼什麼好菜，怎麼怎麼煮法，味道如何又如何，聽得令人神往，恨死自己不是在那些地方出生。

比法國人好的，是順德人自吹自擂之餘，並不看低其他地方的菜肴。法國人不同，他們一談起酒菜，鼻子抬得越來越高。

當我告訴一個法國朋友：「我去過義大利的托斯卡尼地區，他們的紅酒也不錯。」

「是嗎？」法國朋友翹起一邊眉毛，「義大利也有紅酒的嗎？」

不過，這都是住在大都會的人，才那麼市儈，鄉下的還是純樸，不那麼囂張。

在南部小鎮散步，見到的人都會向你打招呼，還會自動說「Good morning」、「Good evening」，不像人家所說你用英語，他們不回答你。

喜歡談吃的人，生活條件一定好，物產也豐富，但錢也不存留很多，沒有那種必要嘛。大城市的暴發戶才窮凶極惡猛吞鮑參肚翅、魚子醬或黑松露白松露。悠閒的人，聊來聊去，最多是媽媽做的魚皮餃罷了。

橄欖油

「民生」牌壺底油精，是用甘草和一點砂糖熬出來的生抽，裝入一個像Tabasco（塔巴斯科辣椒醬）一樣的小瓶子出售，香港沒賣，到台灣旅遊，不妨在超市中買些回來。

至於白松露橄欖油，牌子叫「La Rustichella Tartufi」，由義生洋行進口，在各大高級超市中買得到。

說到橄欖油，去歐洲時常被邀請去「試油」。油被注入一個藍色的玻璃杯中，每種試一口，當地人拚命問我試出什麼味來，是蘋果香嗎？或是榛子香？

又沒有桶給你吐出來，試得滿肚子是油，對我來說實在是一種虐待。

那是歐洲人的飲食文化，如果把橄欖油和番茄從義大利人的餐桌拿掉，他們就沒東西可吃了。看他們把番茄和生菜切了，淋上橄欖油和大量的羊奶芝士（起司）碎，拌一拌，就說這沙拉是天下美味，我只有搖頭不已。

拌麵時下幾滴橄欖油是可以接受的，但不管是魚和蔬菜，歐洲人非大量用橄欖油不可，怎會不胖呢？雖說橄欖油沒有膽固醇，是最健康的，但油還是油呀。也許中和了醋就可以抵消掉，他們的餐桌上沒有鹽，代之的是一瓶橄欖油和一瓶醋。

別說油了，我連西洋橄欖都沒興趣。在西班牙生活的那一年，到處有人賣醃漬過的橄欖，有綠有黃有黑，大大小小，什麼種類都有。到酒吧去，又是左一碟右一碟的橄欖。

勉強試了一些，苦苦澀澀，雖說有餘甘，但不足彌補那種平凡的口感。是什麼人吃什麼東西，要我去欣賞它，只在轉世時。

唯一覺得好吃的，是在喝乾馬丁尼雞尾酒（Dry Martini）時，下的那顆。一般酒吧有時會在橄欖中塞一顆櫻桃，那就更難吃了。原粒帶核的綠色橄欖較佳，和酒配合得天衣無縫。

還是豬油香，不像橄欖油那麼天天吃，吃不死人的。做一碗潮州紅燒翅試試看吧，下橄欖油的話，怎麼咽得下去？

鯡魚的味道

有一則外電新聞，說荷蘭人看到法國人推銷「薄酒萊」新酒成功，自己發明了賣新鮮的鯡魚，六月底發售，成為時尚。

荷蘭人真的很愛吃鯡魚，街頭巷尾各有一檔，客人站著，向小販要了一客，拿起來，抬高頭，整尾吃下去，而且是生的。

其實這只是一個印象，真正的荷蘭鯡魚，炮製發酵過，並非全生。吃時拌著洋蔥碎。遇到新釀好的，一點也不像人家想像中那麼腥，甜美得要命，不吃過不知其味。

整尾吃，雖然形象極佳，雄赳赳，像個吞劍士，好看得不得了。但這種吃法，洋蔥碎都掉在碟中，沒有它來調和，味道遜色得多。

最佳吃法，是請小販把魚切成四塊，撈起洋蔥一起細嚼，才能品嘗到其滋味。而且，一面吃魚，一面喝烈酒，才過癮。

酒名陳酒（Korenwijn），是用麥芽提煉又提煉，至酒最烈的狀態。無色亦無香，像喝純酒精。喝的方法也得按照古人，那是用中指、無名指和小指鉤住大啤酒杯的手把，再以拇指和食指抓住盛有陳酒的小酒杯，徐徐倒入啤酒之中，再飲之。

這種喝法極難做到，但入鄉隨俗，可以買大小酒杯各一，在沖涼時練習，等純熟了，到街上去，以此法喝之，小販和路過的人，看到了都會拍爛手掌。

基於日本料理世界流行，吃生魚已不是一件什麼新奇事，對荷蘭的鯡魚感興趣的人越來越多，當地人也說那是荷蘭壽司（Dutch Sushi），簡單明瞭。

吃鯡魚時，配的洋蔥碎，令我回憶起洋蔥花。丁雄泉先生的畫室中插滿這種花，白的紅的黃的，一股強烈的洋蔥氣味，久久不散。

當年常去阿姆斯特丹探望丁雄泉先生，今時他已仙遊，我沒有什麼理由再去。不過，一想起鯡魚，就懷念他老人家。為了鯡魚，為了和丁先生一起去看的那棵大樹，我還是會重訪。

黃鱔飯

「台山最出名的是吃什麼？」我問。

「黃鱔飯呀。」主人家說。想起了，從前在中山，也有人做過，味道的確不錯，在台山當地吃，應該更好吧。

「我們已經安排好，到台山第一家興華黃鱔飯酒樓去試。老闆聽說你要來，特地從外國趕到。」友人說。

到了一看，地方簡陋，但我們不是來吃地方的。不坐冷氣間，到開放的茅屋大廳去，旁桌擺滿了食材給我看，計有馬須草、蘿蔔、鬼爪螺和番薯等。

鬼爪螺是一種像迷你恐龍爪的生物，附在海邊岩石上。從前在香港也很多，我在清水灣邵氏片廠生活時，常到西貢僱一艘小艇，拿了一瓶孖蒸出海。船夫搖到小島，用鑿子在岩石上挖鬼爪螺給我，剝了殼就那麼生吃，甜美得很。喝了酒，醉醺醺，就那麼在船上睡午覺，一個電話也沒有，的確逍遙自在。

台山的鬼爪螺很瘦小，灼熟了沒有什麼肉吃，我在西班牙試過大型的，有手指那麼粗，才稱得上啖啖肉。

馬須是種野草，用來煲生魚湯，這湯是台山的家常菜，回鄉者一定先點這道菜，以慰鄉愁，對我們這些不是土生土長的人，也算是一道清湯。

重皮蟹很肥，膏也多，台山的好處是靠海，能嘗海鮮，但河魚也不少，山珍更多，肥美的蘿蔔用上湯來熬個六小時，其他什麼材料或調味料都不加，已清甜得要命。主角當然是黃鱔飯了，問老闆怎麼做。

「先洗淨米，煲水，等滾，抓一把黃鱔就那麼扔進鍋裡，飯炊到半熟，把黃鱔取出，去掉骨頭。另加薑片和醬油，再煲到熟為止。」他解釋。

「有種最古老的做法，」我說，「飯回鍋時，再殺大量黃鱔，只取其血，淋上再炊。」

「可以試試。」老闆說，「照你那麼說，一想就知道味道會更好。」

雖然是自己想出來的，講成古法，說服力較強。

薄餅吃法

泉州薄餅，最具代表性。宋元時期，泉州一度為世界最大的海港，為海上絲綢之路的出發點，到了元代，更與歐亞非一百多個國家有海上貿易，阿拉伯人、印度人、中東人、歐洲人，都成為泉州的居民。

所以泉州的薄餅，從基本的五辛之外，加上胡蘿蔔的維生素、荷蘭豆的葉綠素、生蠔的鈣與鋅、豆干的蛋白、滸苔的鉀、香菜的治高血壓和花生的營養。

這都是貿易交流的成果，花生從菲律賓傳入，胡蘿蔔由胡人帶來，而荷蘭豆，也許是與荷蘭人傳給台灣有關。薄餅的做法是把蛋絲、高麗菜、胡蘿蔔、豆芽、韭菜、豆干、芹菜等分別炒好，另放肉絲、花生糖碎、芫荽，各種五顏六色的餡料一盤盤裝著，任由食者取塊薄餅皮一一包之。

這種傳統來到台南，就成了台南薄餅，而台北薄餅則是廈門式的：花生粉中沒下糖，各種食材炒成一大鍋，湯汁淋漓，舀取得用二枚調羹互壓，把剩餘的湯汁濾乾，才不會把皮浸破。南洋薄餅，也承繼了這個傳統。

但是沒有調味，始終不夠複雜，南洋人會在皮上塗一茶匙甜醬，又因天熱，食欲不佳，所以也塗辣椒醬來刺激胃口。儘管各地相異，但大家都會塗上大量的蒜蓉，這一點，倒是在泉州做法中沒有提到的。

豪華起來，可不得了，南洋人除了原本的餡以外，還要加用豬油爆的紅蔥頭碎、鮮蝦、臘腸片、黃瓜絲和螃蟹肉。台灣人則加烏魚子、皇帝豆、炸香的米粉、油飯、蛋酥等等，總之能想到的，都得加進去，但有一天弄到加鵝肝醬和魚子醬，那就是墮落了。

最大的不同，是台灣薄餅下很多糖，南洋人吃起來很不習慣，但你是什麼地方的人就適合什麼口味，不能互相指責。

快要失傳的是吃法了，包時留下一個缺口，把湯汁倒進去，餡才潤，皮又不破，應該是最正宗的。

蝦餃

燒賣從北方傳下，蝦餃可應該是南粵獨有的了，何世晃在他的詩上形容：「倒扇羅幃蟬透衣，嫣紅淺笑半含癡。細啖頓感流香液，不枉嶺南獨一枝。」

如果查出處，蝦餃為十九世紀末二十世紀初在廣州五鳳村的村民首創，五鳳村是河湧交錯處，有很多魚蝦，當地人把最新鮮的蝦剝殼後包上米粉皮，做出潔白清爽的蝦餃來。

用的應當是河蝦，最為鮮美，這點上海人早已知道。當今茶樓中加的蝦餃餡以海蝦代替，而且不懂得選小尾的，包出又腫又大的蝦餃，一看就倒胃。

好的蝦餃大小像核桃，形狀如彎梳，故有「倒扇」之稱，至於有多少折疊，那並不重要。最要緊的是皮薄，一厚，也令人反感，不透明，顏色混濁，更是致命傷，看見了不吃也罷。

皮的製作，說起來像一匹布那麼長，先要把生粉過篩，加鹽後放入不銹鋼或鐵盤之類易導熱的容器，加攝氏一百度的沸水，迅速用棍棒攪勻，粉團有專用名詞，叫澄麵。

澄麵加豬油搓揉，這很重要，不管你怕不怕膽固醇，也得用。加植物油的話，香味盡失，不如去吃叉燒包。

取一小團澄麵，用中國廚刀的背一壓一搓，薄皮即成，這種手法，練習多次後一定學得會。

餡的製法是將河蝦洗淨，乾布吸水，平刀壓爛，加上在水裡煲一煲的紅蘿蔔絲和貢菜絲，一起打成膠，再放豬油攪拌，放入冰箱冷凍，待餡的油脂凝固，便可包蝦餃了。

祕訣在於做澄麵時，滾水的分量一定要算準，否則太稠時中途加水，就失敗了，而容器用易導熱的，可利用餘溫把澄麵焗熟。

蒸多久？要看你的爐大小，一般，水滾後放入蒸籠中，三分鐘即熟。練習數次，便能掌握。請記住，做蝦餃等點心全靠用心，動手一做，便會發現簡單得很。

懷舊大包

本來想講廣東三大點心：蝦餃、燒賣和叉燒包，但最後還是決定寫懷舊大包。

本名「大包」，已沒人做了，故冠上「懷舊」二字。此名也被當成俚語，賣大包——任人抄，是大做人情，不計工本。

當今能在香港吃到較為正宗的大包，只有北角和旺角那兩家「鳳城酒家」的姐妹店，陸羽茶室也罕見，因為吃一個就飽，做不成生意。

大小有標準嗎？許多大包都不夠大，應該是蒸四粒蝦餃燒賣的蒸籠裝得進一個的，才有資格叫「大包」。

餡的內容有沒有規定？原則上應有雞球、雞蛋和叉燒這三樣主要的材料，故舊時也叫為「三星大包」。

也有傳說是酒樓當晚吃剩下什麼，翌日便斬件（用刀將食物剁成細塊）製成餡，但當今的這三種主要食材，都不是什麼貴貨，也不必利用隔夜菜吧。

其他的，恣意加上好了，通常計有臘腸、臘肉、鹹蛋黃、冬菇、火鴨。有些茶樓，名副其實地任人抄，加上鮑魚、魚翅、魚唇和鵝肝醬等，已不平民化，失去了意義。

自己做難嗎？難！難在做大包的皮。和叉燒包的皮原理一樣，先得發麵粉，用麵粉，篩過，加清水，還要放發粉之類的東西，叫「麵種」。

揉拌至麵種柔滑，在室溫中發酵七八個小時，時間看天氣增減。接下來的步驟最難控制，得加鹼水，鹼水分量全憑經驗，然後放白糖，再搓揉。又得再加乾麵粉，揉勻過程中添少許清水，讓麵團更加綿軟順滑。

將皮分成好幾份，用木棍壓平，包入餡，下面墊上薄的底紙，有時撕不乾淨，成為吃紙。不鋪又會覺得缺了這個步驟，是不是正宗？甚為糾纏。

猛火蒸，因包大，至少十五分鐘以上才能熟透，這時香噴噴上桌，看見那個頭之大，孩子都「哇」的一聲叫了出來，這種味覺和童趣，是漢堡包永遠給不了我們的。

牛肉丸

在香港吃牛肉丸，吃出一肚子氣來。第一，硬邦邦，一點彈性也沒有。第二，滿口是粉。第三，也是最致命的，沒有牛肉味。

好的牛肉丸店鋪實在不多，手打的牛肉丸更是罕見。從前花園街那一檔，還看到幾位工人在手打，當今的都是機器，如果能從汕頭買正宗的來賣，已算好事。

所謂手打，要將牛後腿肉用刀將筋去淨，再切成方塊，放在一個兩人合抱般大的砧板上，由師傅左右手各一把一點五公斤的鐵棒，不停用力敲爛。

打成肉漿之後，放進大鍋中，混入精鹽和生粉，好的鋪子生粉下得極少，但好或壞，不加味精是騙人的。

繼續把肉漿拌勻，擠出肉丸，扔入溫水中定型，這時的肉丸並不全熟，要再煮過才能吃。一般的，煮得熟才能放久，已失真味了。

這麼繁複又辛苦的工作，叫可以拿綜援（綜合社會保障援助計劃）的香港人來做，死都不肯。即使老闆命令，也這個步驟減一些，下個程序省一點，成品當然又像開頭所說的又硬又無味。

這時就想起在汕頭吃的牛肉丸了，那邊還可以找到廉價的勞力，製作認真，顧客知道誰做得好，就去買那一家人的，不上水準做不了生意。

而且，牛肉丸粿條是潮汕人典型的早餐，這麼多年來累積的經驗，當然好吃。不過隨著生活水準的提高，也出現不少劣貨，這和在台灣吃貢丸一樣，如果你找到一家適合你的，今後就認定它，不斷光顧好了。

但總有一天，你會發現連這家買熟的店子也不行了，那你不能怪人家做得不好，是年輕一輩不懂得吃和不要求的錯。

豬腸脹糯米

很多傳統的潮州小吃，已在香港失傳，慶幸其中一樣——豬腸脹糯米，還是照樣有大把人做。

在潮州話中，「脹」字有灌入、填滿、充塞的意思。這種小食，其實就是將糯米釀進豬腸中，煮熟後蒸，或者切片煎來吃。

正宗的做法是取豬大腸的中段，用食鹽或澱粉反覆搓洗，直至沒有異味，再將糯米浸軟，加食鹽、胡椒、豬肉、香菇、花生、蝦米、蓮子等。

下一個程序是將餡料灌入腸衣，不要貪心灌太多，七八成滿就行，否則煮熟的糯米會把腸衣脹破，就一塌糊塗了。填完，將腸的兩頭用紗線紮緊，放進沸水鍋中煮約一小時。看火力，憑經驗煮，太熟了糯米軟綿綿；煮得半生不熟，米又不透心。這是最難掌握的步驟，失敗幾次才能成功。

有的人喜歡切片來煎，我則堅持煮好就直接吃。吃時一般是澆上甜醬，我蘸的是醬油或者魚露。

蘸橘油最為豪華，這是舊的潮州「阿謝」（二世祖的意思）的吃法，橘油的製作過程極為複雜，另文介紹。當今好的橘油難尋，普通的又咽不下喉，還是蘸甜醬算了。

有錢人家，也會加臘腸、干貝等，但失去小吃意義。一般家庭，用心做的話，可先把花生炸過，又加進一些豬油渣或乾蔥，是一條完美的豬腸脹糯米。

嫌自己做太麻煩，到店裡去買好了。九龍城的「創發」有售，或者到「老四」的滷鵝檔口，天天新鮮出爐，多走兩步，去到賣魚飯的「元合」，也能買到。

潮州菜並不一定要故意創新，別忘記這些基本的平民美食就是。

炒糕粿

在香港只能在一兩家店吃到的，是「炒糕粿」。糕粿是將白米打成漿，放進鍋中，再用蒸籠蒸熟，待其成形，切成小塊，每塊大小，像半個舊火柴盒。

炒糕粿時，一定要用一個平底鍋，像煎蠔烙（蠔餅）那一種。豬油放入鍋中，待油冒煙，加糕粿，待煎得一面略焦，翻之，得仔細地煎完四面，不可粗心。之後下魚露待其鹹，加黑醬油取其甜。味調好，就能打蛋進去，最後加韭菜，兜一兜，即成。這是最普通、最道地的潮州吃法，汕頭人生活水準提高了，就要加鮮蝦、豬肝、生蠔等等昂貴的食材了。

炒完的糕粿外脆肉軟，口味重的話，不夠鹹可加魚露，不夠甜則請店家給你多一點黑醬油，加上蛋香、豬油香，細嚼之下，滿腔甜汁，忽然咬到爽脆的口感，是剛炸好的豬油渣，這碟糕粿能讓你上癮，一碟未吃完，忍不住叫第二碟。當今得到維多利亞街市二樓的熟食中心裡的「曾記粿品」還能找到，其餘有賣此物的攤口，有待各位的介紹了。

「咦，賣南洋食物的店裡，不是也都有炒糕粿這道菜嗎？」一些友人向我這麼說。

不錯，但是他們用的是蘿蔔糕，而且只是炒，不是先煎後炒的，通常搞得一塌糊塗，看到樣子就不想吃了。

有些潮州館子也說有，叫了出來一看，竟然像乾炒牛河的方式來處理，我想師傅連炒糕粿是什麼東西也不知道，當然也沒吃過。

如今，新加坡或馬來西亞的小鎮還有一些小檔，就算到汕頭或省城去找，也沒有我們小時吃的那麼美味了。

豬頭粽

「豬頭粽」是潮州獨有的送酒小吃。名叫粽，但當中不含半粒米飯，也不包成三角形或長方形，基本上與粽無關。

製作豬頭粽，必須選用新鮮的豬頭，連肉帶皮，切成塊狀，至於肥瘦比例如何，每家人各有配方。接著加魚露、醬油、高粱酒，以及八角、川椒、丁香、桂皮、大小茴香等十多種香料，熬熟後置於一個特製的木盒中，上面放大石壓住，擠出豬油，不剩半點水分，堅固之後豬頭粽就做成了。

因為中間一點空氣也沒有，又無水分讓細菌滋生，即使沒有冰箱，這一塊豬頭粽也能久存，這是古人的智慧。

製成的豬頭粽各有不同的大小，最常見的有如一本袋裝書（口袋書），整塊都是棕色的，當中帶白，是豬耳的軟骨，看起來很硬，但一切成薄片，吃進口，即成柔軟而富有彈性，咬下去滿口肉香，略帶甜味，質地介乎肉凍及肉乾之間。細嚼之下，除了肉香，還有酒香、油香，以及香料的各種獨特的味道同時溢出，非親身品嘗，不知其妙。

去到外國，也可以看到異曲同工的製法，只是成品個頭甚大，像一個大嶼山麵包，吃起來有豬頭肉、豬舌的味道，但口感太軟，也有點異味，一般人需要很大的勇氣才能接受。

當今豬頭粽在香港罕見，到了「創發」還能偶爾找到，想吃的話，最好託人從鄉下買來，它像火腿一樣耐存，香料又有殺菌功力，可放心食之。

最好的牌子是「老山合」，售價並不貴，像書本一樣大的，約四十港元，當今該公司又推出有如口香糖大小的，一斤約有二十片，賣八十港元，到潮汕一遊時順道買來，是最佳手信。

薄殼

每年到了夏天，是薄殼最肥美的時節。今天到「創發潮州菜館」吃了，發一張照片上微博，眾多反應殺到，說這是福建的海瓜子。

我認為應該是不同種，台灣人叫另一種小貝為海瓜子，寧波產沙篩貝，亦稱之。剛好「莆田福建菜」的老闆方先生來港，我打電話詢問，他說查清楚了再回覆。接聽了，說潮州人說的薄殼，是淡水的；福建人說的長在海上，所以叫海瓜子，與薄殼不同。

明明記得薄殼不是淡水的，雖然當今皆為養殖，記得小時聽老人家說，薄殼生於海流極急之處，水一慢了就長不出，所以很清潔。

到底海瓜子是不是薄殼？想起張新民，他才是潮州的飲食專家，著有《潮菜天下》一書，即刻查閱，得到了答案。

薄殼學名「尋氏短齒蛤」，生於低潮線附近的泥沙海灘上，個體雖小，產量極大，為饒平重要的養殖業之一，那邊有一望無際數百萬畝的薄殼場。

早在清朝嘉慶年間已有文字記載，《澄海縣誌》中：「薄殼，聚房生海泥中，百十相黏，形似鳳眼，殼青色而薄，一名鳳眼蜆，夏月出佳，至秋味漸瘠。邑亦有薄殼場，其業與蚶場類。」

一般人在市面上看到薄殼，都是一串串，長在麻繩上的小貝，布滿泥，以為是淡水養殖，依古籍，證實是海產。

而福建也有，新民兄說當地友人請他吃過，炒時加了糖和酒。潮州人和福建人移民到南洋的居多，思鄉想吃此物，也從潮州請了專家去教大家養殖，所以我小時也吃過一些，當今星馬應該絕種了，泰國還有人養。

我家吃法，是買了薄殼，媽媽會到雜貨店去，要一些酸菜汁，店裡的人從酸菜缸中淘出一包送之，又買了金不換(羅勒)，和大蒜泥及辣椒絲一塊炒，這樣才入味。要是用鹽，來不及溶化，薄殼已熟打開，就差了。

享受這道菜，尤其是碗底剩下的湯汁，沒有其他海產比它更鮮甜的了。

麻葉

薄殼也許還有福建人吃，但是沒有潮州人對它的瘋狂。另一種別處一定沒有的佐粥小菜，叫麻葉。

當今，可以在九龍城一帶的潮州雜貨店看到，放在一個盤上，一大堆，綠綠黃黃，乾乾癟癟，外地人看到了不知道是什麼。

老一輩的潮州人當寶，尤其是到了南洋，見著必買。舊時種黃麻拿來當繩索，種得滿地皆是，隨時隨地抓了一把，醃漬便能當菜。

如何醃漬法？先放進滾水中灼一灼，然後加鹽，潮州人稱之為「鹹究」，有增加鹹味、去水分、減體積的多種作用。

下南洋，賺到錢寄回鄉，就養了一群無所事事的二世祖，潮語叫「阿謝」。每天研究飲食，而阿謝認為「鹹究」麻葉，最好別用鹽，要以鹹酸菜汁來泡。

鹹酸菜的原料是大芥菜，醃製的過程要經發酵，產生多種氨基酸和酒石酸，這種汁，才會把麻葉的味道弄得錯綜複雜。

成品不放冰箱，也能保持鮮度，我們家的吃法是生爆香蒜蓉，再下普寧豆醬，炒一炒，即成。當然沒有忘記下一點味精。

有此物，就能吃白粥三大碗，味道苦苦澀澀，但細嚼之下，產生一種獨特的香味，是吃上癮的主要原因。

說到上癮，也別以為這種麻葉，就是嬉皮們抽的大麻。大麻屬於桑科，而潮州麻葉是椴樹科的黃麻。

蕁麻科的苧麻、亞麻科的亞麻、芭蕉科的蕉麻、龍舌蘭科的劍麻和大戟科的蓖麻，其種子和嫩葉大多含有麻醉性。

種子炒熟了就沒事，藥材店賣的「火麻仁」就是這種東西。葉子曬乾燃燒吸取，則有如《本草綱目》所說：「多服，令人見鬼，狂走。」

潮州人的麻葉，怎麼吃也不會「令人見鬼狂走」，請放心。但如果介紹給不認識此物的人吃，我總說是大麻葉，大家好奇，就覺得更加美味了。

胸口朥

我一向認為火鍋及燒烤，是兩種最沒有飲食文化的吃法，但天氣一冷，還是想到上火鍋店去。

懷念的是昔時的北京涮羊肉，幾十種醬料任由客人添加，這些老店在香港已一間間消失，吃不到那種炭火爐涮出來的味道了。羊肉的品質也有很大的關係，肉都是冷凍著刨了出來，一點羊味也沒有，真是要命。

香港的火鍋店，開得不亦樂乎，是因為可以省掉師傅，但吃來吃去，食材都是那幾種，悶出鳥來。雖然說高級化，用了什麼和牛、黑豬，但已失去那種平民化的精神。能夠光顧的，也只有「方榮記」，這家老店的肥牛還是那麼出色，全靠老闆娘一早到每檔肉店辛苦地找回來。

其他的也以肥牛為號召，都是進口的冷凍品，要吃新鮮的，也只有用各種游水海鮮來補足，但一說游水，就是「時價」了，不小心就被斬得一頸血。不開懷地打邊爐，不如不吃。有些友人也開了火鍋店，要我去試，材料固然高價，但不留印象，我吃過後常問他們：「主角在哪裡？」

「方榮記」的主角是肥牛，他們沒有主角。要在那麼多的火鍋店中衝出重圍，總得花一點腦筋呀。

當今要挑一些特別的食材，是那麼難嗎？肥牛門不過「方榮記」，那麼學老闆娘的勤力，去找「脖仁」呀。那就是牛頸上那塊突起的肉。「正五花」則是牛的趾屈腱肌。「肚埂」是指牛胃之間銜接的部位。

還有最刁鑽的「胸口膀」呢，膀是潮州話「脂肪」意思。它指牛胸口一層肥肉，一整塊是米黃色，切成薄片在湯中一灼即能吃，十分爽脆彈牙，充滿牛的香味，不遜肥牛。去找吧！

生菜包肉

韓國菜之中，有一味豬手（豬的前蹄），我特別愛吃。他們的豬手是滷得乾乾的，冷吃的。吃法是將豬手切成一片片放在大碟中，旁邊是一堆生菜，拿起一葉，放進豬手片，然後加大蒜、辣椒等，精髓來自蝦醬，淋完之後包起，放進口中大嚼，非常美味。

原來海鮮和豬肉是可以那麼配搭的。

高級一點，就用生蠔來代替蝦醬了，不夠鹹，就另放麵醬，還有一堆醃得很辣很鹹的魷魚泡菜，包起來一齊吃。

豬肉的香和生蠔的鮮，配合得天衣無縫，吃得令人愛不釋手，加上辣醬的刺激，這道菜在西方也紅了起來。

紐約一家著名的餐廳，叫 Momofuku，大廚就是一個韓國人，他以這道菜起家，迷死了美國老饕，他們永遠也想不出這種配搭，西餐中不會出現。這道菜我們當然能夠欣賞，但另一道很道地、很特別的魚卻不是每個人都可以接受的。魟魚就是魔鬼魚，韓國人的做法是將魔鬼魚醃製，讓它發酵後才吃的。

那種強烈的味道，比一般的阿摩尼亞（氨的英文 ammonia 的音譯，在這裡指臭屁味）還要厲害十倍，攻起鼻來，臭豆腐簡直要讓開一邊。

醃魚也是和豬肉一塊吃的，叫「三合」，是一片豬肉，一片魚，夾著一片醃上一年的老泡菜，用生菜包起來，塞入口中，細嚼一番。不能接受的人差點嘔吐出來，喜歡的，會覺得魚越臭越好。

外國人會嚇死，我倒是吃得慣，怪不得連韓國人也佩服。

八蛋

不想罵人，只是談吃；八蛋，八種蛋的做法也。

最基本的有：一、煎；二、煮；三、炒；四、蒸；五、燒；六、焓；七、焗。第八，就是混蛋了。唉，又像在罵人。

以卵擊石，早就有這種俗語，可見得蛋是那麼脆弱的，也代表了我們這群人民。最低微，價錢最賤的蛋，是那麼千變萬化，我口口聲聲大喊：「蛋，萬歲！」

沒有一種食材那麼容易做，那麼親民。就算有些女人是笨蛋一個，永不下廚，也會把蛋做好。

慢點，這句話說得太早，我見過一個，油沒熱，就打蛋下去煎。當然，做出來的蛋白死硬，毫無香味，咽不入喉。

就算一個最普通的煎蛋，也要等油生煙，才能下蛋的。用滾油和不熱的油，再用植物油和動物油比較一下，你就知道分別。

不要被那些自以為專家的家庭主婦嚇倒，也別聽庸醫亂講。一個普通大小的蛋，只含七十八卡路里，吃不死人的。一杯星巴克冰咖啡，已有五百六十一卡路里。

除非你是個白癡，天天吃，餐餐吃，那才有毛病。其實什麼東西都一樣，過量了，像整天吃生菜的女人，也會變成兔子。

偶爾八八蛋，樂趣無窮。我自己下廚，也會做多種變化的蛋，但是一個人的知識有限，有什麼好過向諸位大廚學習呢？

凡遇到高手，必向他們說：「你替我做一個蛋吧！」

通常要求對方的，都是一些複雜的菜式，一經我那麼問，大廚們都抓著頭皮，想不出來。當今被公認為廚界元老的保羅・博古斯也差點被我考倒，但他終於露出一手：原來是最簡單的蛋，用最簡單的方法去炮製。

先要認識食材，蛋類之中，可以吃的，包括了雞蛋、鴨蛋、鵝蛋、鴿子蛋、鵪鶉蛋、野雞蛋、海鷗蛋、鷓鴣蛋和最大的鴕鳥蛋。

當然，龜蛋也在其中，那是名副其實的王八蛋了。

煎蛋

煎蛋沒什麼大道理，切記看到油生煙，打蛋進平底鍋煎就是。

最重要的是要有耐性，慢慢煎。火要小，一大了就焦。炭火當然比煤氣爐來得好。先看到的是蛋白四周開始發出泡泡，也不必去翻動，讓它繼續煎下去。

到了某種程度，就可以取出上碟。至於什麼程度，那你就要試了，一次不行，來兩次、三次，直到你掌握住自己喜歡的生熟為止。我常強調，烹飪並非高科技，經驗可以讓你成功。

喜歡吃荷包蛋的話，等蛋白發泡後將左邊翻到右邊，或者從上至下，下到上，都行。

蛋黃的熟度憑個人喜好，有的半生，有的全熟。到外國吃自助早餐時，有專人為你煎蛋。要是你要熟一點的蛋黃，可兩面煎。有句英文術語，叫「太陽向上」（Sunny side up）。此話也有毛病，要是像太陽的話，那不應該兩面煎，我一向是吩咐：「蛋黃煎硬」（Egg yolk very hard）。

我煎蛋時不吃蛋黃，是因為小時的陰影。那年英國飛機轟炸日據新加坡，我剛好生日，母親為我煮了一個蛋，吃了蛋白要吃蛋黃時，聽到警報，拉著我進防空洞，我不捨得丟那粒蛋黃，一口吞下，差點哽死。

另一個原因，是當今的蛋多以激素催生，又不知有無細菌，不像小時可以打開一個小洞生噬。從此看到生蛋怕怕，煎熟了也只吃蛋白，不過打勻後炒起來，我也可以接受蛋黃的。

煎蛋全靠工夫，越花長時間去煎越好吃，你可以先試新加坡的煎蛋，沒有吉隆坡好吃，吉隆坡又沒有曼谷那麼美味，這就證明了現代人不肯花時間，只有在生活節奏慢的地方，才能做出美好的煎蛋。

美國的速食文化影響下，當今的快餐廳廚房裡，煎板上擺著十幾二十個鐵環，各打個蛋進去，就那麼炮製出來。我一看到這種圓扁蛋，即倒胃。這也是我從來不走進麥當勞的原因。

煮蛋

最容易不過，水一滾，放雞蛋進去，煮至熟，就是煮蛋了。

問題在每一個人對吃蛋的生熟度的偏好不同，怎麼煮才算標準呢？通常有半生熟蛋、全熟蛋和外硬內軟蛋之分。

半生熟蛋：用一個大鍋，放三分之二的水。水一滾，要精確的話，煮足一分鐘。如果你想蛋白硬一點，那麼多三十秒，即熄火，一共是九十秒。

這時即從鍋中取出，不然蛋會繼續熟，越來越硬。把雞蛋放在蛋盅裡，用一把利刀，在四分之一處割開殼，就可以用茶匙挖來吃。

外硬內軟蛋：煮法和半生熟蛋一樣，不過要煮足三分鐘，記得水一滾就要轉小火。

蛋熟後用湯匙舀起，放進一鍋冷水之中，至少要浸足十分鐘，如果是天氣太熱的話可加一點冰塊進去。

剝開的功夫很重要，不然黏住殼，不僅浪費還影響美觀。過程是這樣的：先用茶匙在圓的那一端敲碎殼，那裡有一個氣袋，較易打開。

一面剝一面沖水，那層膜就會被水分隔離，你會發現這麼一來，蛋的形狀是完美的。

全熟蛋：做法與外硬內軟蛋相同，不過要煮足六分鐘。

煮豬肉時，最好是和全熟蛋一塊紅燒，滷肉時也同樣炮製。全熟蛋的名菜，有茶葉蛋。

做法是這樣的：蛋煮了六分鐘後全熟，用湯匙在蛋殼上輕輕地敲，千萬別打得太碎，只要有裂痕即停，切記裂痕要在蛋上布置得均勻。

放茶葉，鐵觀音和普洱。前者取其香，後者取其色。再加八角、桂皮、甘草、醬油、胡椒粒去煮，當然得添酒，一般的烈酒比紹興酒更好，但不能用藥性太強的，像五加皮之類。成龍的父親教我，倒三分之一瓶白蘭地進去，效果最佳，煮個二十分鐘，浸過夜，翌日加熱，即能做出完美的茶葉蛋。

我在非洲做過一個，吃過的人印象深刻，那是一顆鴕鳥茶葉蛋。

炒蛋

我的炒蛋自小從奶媽處學到，做法是這樣的：取兩個蛋，先打一個。記得用另一個碗，打第二個蛋時，看看有沒有問題。如果蛋白和蛋黃混淆不清，即棄，不然會浪費第一個蛋的。

猛火，加豬油入鍋，若你要用植物油，隨你，不那麼美味罷了。

油熱之前，把蛋打勻，加胡椒。不同時做這個步驟的話，一炒就來不及。

油生煙，即刻把蛋漿倒進去，隨手即灑幾滴魚露。蛋味很寡，有了魚露即起複雜的味覺。若嫌魚露腥，那麼用鹽，但鹽要在打勻雞蛋時下，否則太過花時間，雞蛋會過熟。味精無用。

這時「沙」的一聲，不必等熄火，要即刻把鍋拿開，用木匙或鍋鏟攪動蛋液，在雞蛋不完全硬化之前已倒入碟中。

你如果喜歡硬一點，就再翻兜幾下。雞蛋是在半生不熟的情形下最滑，在猛火之下迅速炒好，也是最能把蛋的甜味引出的辦法。這麼一來，你就可以吃到一碟完美的炒蛋了。炒蛋，洋人叫「手忙腳亂蛋」（Scrambled egg），意思也是要你快點炒好，慢條斯理的，就做不出好的炒蛋來。

他們也不相信植物油會炒得好蛋，用的是牛油，除了用牛油，還會加忌廉（鮮奶油）或鮮奶去炒，雖然他們認為會更香，但一加其他東西，炒的速度就慢了，蛋的味道發揮不出來，也是弊病。

洋人做得最好的是一道簡單的菜譜，黑松露炒蛋，炒了蛋之後削幾片黑松露進去，是個極美妙的配合。我在南法佩里哥鄉下也吃過一道，黑松露不削成薄片，而是只切成小方塊和蛋混來炒，更有香味和咬頭。

當黑松露不是季節的時候，買瓶用它浸的橄欖油好了。只有此油，可以和豬油或牛油匹敵，這種油可以在高級食材店買到，你試試看吧，炒出來的蛋不同凡響。

蒸蛋

所有蛋的做法，最難掌握的還是蒸蛋。

有人說：「蒸蛋的黃金比例是一份蛋，兩份水。」

又有人說：「不，不，水和蛋是一比一。」

總之，要你自己試驗，像小時候聽老師訓話：失敗，是成功之母。

有一點須切記：用來混蛋的水，絕對不可以用生水，即未煮過的水。也有些大廚傳出祕笈，說蒸蛋，要用粥水；粥水，也不過是煮過的水。

生水中有很多氧氣，即使蛋和水的比例正確，蒸後蛋的表面也有一粒粒的水泡，並不平滑，影響美觀。

至於要蒸多久，全看你的爐火有多猛。我喜歡吃的蒸蛋是最簡單的，加鹽或魚露去蒸，其他食材什麼都不加。洋人也有異曲同工的做法：只加糖，變成甜品。

複雜一點，蛋漿中可加豬肉碎，我喜歡在肉碎中剁一些田雞肉，這麼一來，更甜。進一步說，把蛋殼頂敲一小洞，倒出蛋。將蛋漿和肉碎及田雞肉倒回空蛋殼中，再蒸。

完成後，用茶匙舀來吃也行，像焓熟蛋一樣切半來吃也行。

烹調是一門天馬行空的技藝，全憑我們的幻想力去創造。

廣東人的金銀蛋，用新鮮雞蛋和鹹鴨蛋來蒸。三色蛋，則加了一味皮蛋。

日本人也愛吃蒸蛋，他們做得最好的是「茶碗蒸」，那是把魚板、銀杏、雞肉、蝦，加上柴魚熬出來的湯，放進一個茶杯中蒸，其中加了「三葉」這種野菜，味道極為古怪，初嘗者多會吐出來。

洋人不大懂「蒸」這個字，他們很少用特別做來蒸東西的廚具，只是放進焗爐中，算是半蒸半焗吧。

其中有一道菜也很像日本的茶碗蒸，那是用焗杯（cocotte mould），把帶殼的蝦和續隨子（capers，一種用鹽醃製的刺山果花蕾），加牛油、胡椒，放入焗爐中蒸出來，續隨子已夠鹹，不必加鹽了。

燒蛋

燒，是最原始的烹調法，發揮得最佳的是日本人，《源氏物語》中，源氏和平家打仗，後者敗後逃亡，在山中進食，只有用燒，故稱「落人燒」，戰敗者的烹調，燒蛋多數焙熟後再燒。

有時還是用鍋，只是不加油。日本人的燒蛋，用一個特別的廚具，像一個扁平的長方形餅乾鐵盒。

把蛋打勻，蛋漿放進扁平鍋，分量不能太多，經熱後，就會燒出一層很薄的蛋片來，輕輕地由下卷上，卷成一長卷，再在空處又加蛋漿，再卷。把它包在第一卷上，依照這種方法，一卷又一卷，最後成為燒蛋卷。

直切開來，有美麗的圖案。

如果不卷，一層疊一層，那就是千層蛋餅了。

燒蛋卷做得最好的壽司店師傅，他們會一層蛋，一層切得極薄的海鰻魚，疊了起來，看不見魚片，但吃出魚味。

又有些壽司店是用鮮蝦代替海鰻，讓客人以為是海鰻，又不像海鰻。

嘴刁的客人一走進壽司店，第一件事就是點蛋卷，如果吃得過，那麼表示這家人有水準。味道一差，就走人，不再吃下去。

但是如果你也依樣畫葫蘆，遇到脾氣不好的師傅，知道你要來考他，也不作聲，但最後買單時，會算你雙倍的價錢。

淡水河鰻的鰻魚店中，也一定賣燒蛋卷，他們用來夾在蛋與蛋之間的那層河鰻是很厚的，讓客人吃一個過癮。

燒鳥店裡除了燒雞肉串之外，也賣燒鵪鶉蛋，一串五粒，只是用椒鹽去燒，也有浸了甜漿燒得略焦的，較為美味。

洋人的燒蛋，多是做成甜品，打蛋漿進一個杯中，隔水燉熟，最後撒上白糖，再用噴火器把表面燒焦，就是焦蛋了。

中國人不用燒，最多是煙燻，把蛋焓得外硬內軟，再煙燻，這種蛋上海人做得最好。

焓蛋

焓蛋倒是洋人的拿手好戲，我們較少用這個烹調法。

第一個原則，就是焓蛋的滾水不可加鹽，否則，蛋白就會出現一個個的小洞來，影響美觀。

最基本的焓蛋，做法是這樣的：

用個鍋子，加白醋，待水滾。看到水冒大粒的泡，我們叫為「蟹眼」的，就可把蛋慢慢地倒入滾水中，每顆蛋焓一分半鐘。其他菜的時間不必掌握得那麼精確，但是焓蛋最好守著九十秒的原則，在超級市場的食物部可買到一個便宜的中國製電子碼錶，很管用。

焓蛋一般是現焓現吃，如果要做一個數百人吃的早餐的話，也可以事先焓好，放進雪櫃（冰箱），可藏兩天。吃時重新加熱，在滾水中浸個三十秒即可。

要是還不能確定焓蛋熟不熟，那麼以一根湯匙撈起，用手指輕壓蛋的表面，熟了有彈性，不熟會被你壓破蛋黃。

蛋一焓好，即刻上桌，但樣子不會好看，可以把蛋放進冷水中，用刀子把不規則的蛋白削掉，成為完美的圓形。這時，焓蛋完成。

最多洋人，尤其英國人吃的焓蛋「班尼迪克蛋」（Egg Benedict），做法如下：

把英國圓麵包（English muffins）切片，烤個一兩分鐘。

用牛油炒菠菜，加鹽和胡椒，熟後取出置於麵包旁，以剩下的牛油煎一片牛舌，放在麵包上。

把蛋從滾水中撈起，甩掉水分，放在牛舌上。

倒大量的荷蘭醬（Hollandaise sauce，可在超市買到）在蛋上，再撒細蔥段，即成。

如果不喜歡吃牛舌的話，可以用火腿片代替，但這又不正宗了。

烚蛋還可以放在湯上上桌，也有人放在烤洋蔥上或薯仔蓉（馬鈴薯泥）上，更有人加在各種青菜的沙拉上。另一道出名的吃法叫佛羅倫斯水波蛋（Eggs Florentine），是以大量的菠菜為主角。

焗蛋和混蛋

普通的奄姆烈（Omelet，煎蛋卷）屬於煎蛋類，如果做西班牙的又圓又大的西班牙烘蛋餅（Tortilla），那就要焗了。

用一個中型、直徑二十釐米的平底鍋，加橄欖油，放薯仔角進去炒熟，加洋蔥，再炒。另外把西班牙香腸切片，和大蒜及西洋芫荽一起爆香，最後用鍋鏟把薯仔角壓成蓉。

這時就可以打蛋進去了，通常那個中型的平底鍋要用六個蛋，如果你想厚一點那就用八個蛋好了。

撒鹽和胡椒，把蛋和其他食材慢慢翻兜，像在煎奄姆烈一樣。炒至蛋漿全熟時，把一個比鍋子更大的碟子蓋上，翻轉鍋子，讓蛋餅置於碟中，再放進鍋，兩面煎之，煎到表面略焦，就完成。

一般在店裡吃到的蛋餅，都用很少蛋來煎大量的薯仔，香腸又下得吝嗇，吃得很不是味道，但西班牙人說那樣才正宗。自己做時隨你加料，加至心滿意足為止。

義大利人做的蛋餅沒西班牙人那麼厚，叫義式烘蛋派（Frittata）。不同的是加了大量的番茄和香草。把番茄和薯仔從洋人的食譜拿走的話，菜就燒不成了。

一談到混蛋，做法可多，其實任何食材都可以混入蛋中炮製。洋人多數拿來當甜品，像他們的舒芙蕾（Soufflé）要混入很多芝士，可麗餅（Crepe）混麵粉和糖，華夫餅（Waffle，鬆餅）也要加麵粉，更有其他甜麵包類，都缺少不了蛋。

別忘記冰淇淋也是混了雞蛋做出來，還有數不清的雞蛋醬呢。

這幾天談的蛋做法，只舉一兩個例子，如果要算全世界的蛋譜，大概至少有一萬種以上吧。家庭做法很容易找到資料，等有空時，我再把大廚做雞蛋的心得一一細述。

至今，我還是不斷地尋求，遇到喜歡燒菜的人就問他們怎麼做自己最愛吃的蛋。很奇怪地，每次都有意外的驚喜，如果各位有何建議，獨特一點的話，請提供，編成一本蛋書，書名就叫《蛋蛋如也》吧！

醬油怪

廚房的貯藏櫃中，什麼都不多，就醬油最多，我可以稱得上醬油怪之一。

香菇醬油，也有一瓶。此醬油剛出現時一嘗，驚為天人，的確香甜。但日子一久，好像變了質，當今國貨商譽又不佳，但為紀念它的風光，買了，但少用。

本地醬油是我的最愛：李錦記、八珍、同珍等，各有數瓶。始終慣用的是九龍醬園的產品，有金牌生抽皇和金牌頭抽皇，尤其是後者，倒出來後香味撲鼻，又濃又稠。蘸東西吃，什麼養殖後沒了味的，都變得可以吞得下去。

台灣醬油則用民生牌的壺底油精，一小瓶像塔巴斯科辣醬，有五十五毫升，它是用甘草去煮的，可增加食物的甜味，不像味精那麼害人。該公司最近出了新產品，叫炭道壺底油精，同樣香甜。

還有一種叫「蔭油」的，黑豆油之中加了砂糖和糯米，變成稠得像蠔油的質地，用來蘸鮮魷或豬肺捆（肝連），的確一流，但要認明是西螺產的才好買，西螺之中，也是瑞字牌的瑞春醬油最佳。

馬來西亞的醬油，做法原始，所謂「頭抽」，的確是第一次製造出來，產量不多，不像港產的那麼大量商品化，味道真是很甜，是非常美味的醬油，但甚為難得。

至於生抽，星馬二地，都叫成「醬青」，我小時蘸過一種醬青，記憶猶新，但當今已找不回來了，耿耿於懷。

蘸雞飯的又黑又濃的醬油，海南人做得最好，我家用的，是新加坡「逸群」的老闆送的，不出售。

日本最普通的萬字牌醬油也有一瓶，無他，紅燒或炆起肉類，用其他醬油會發酸，只有日本醬油沒事。

最近去北海道，買了一瓶全世界最貴的，用天然海膽釀出，叫「雫」（Shizuku）。還有一瓶用北極貝釀的，叫「北極魚醬」，各一百毫升，要賣三百多港幣，蘸了也沒奇蹟出現。

蒸冰淇淋

我們入住的「仙壽庵」是全日本最高貴的旅館之一，服務無微不至，室內用品高級，連一盒火柴也要用錦布來包。

巡視房間時發現有一個電磁爐，爐上放一個小鐵盆，裝著水。按電源，水滾，熱氣就噴到爐上的蒸籠，籠中擺著兩個饅頭，讓客人當宵夜。

攝影隊拍完旅館的精緻大餐之後，就去泡溫泉，每一間客房都有一個很大的私家池，這一帶泉水充足，品質又高，不像其他旅館，房間內浴池的水是沸熱，不是真正的溫泉。

但我還嫌那私家的不夠大，和兩位女主持李珊珊及林莉到公眾的大浴池去泡。一踏進去，池水不像一般溫泉那麼熱，溫度剛好，非常舒適。

這種池我最怕，因為不會太熱，就越泡越久。一久了，就知道厲害，走出來後全身冒著大汗，在不知不覺中整個人熱得像一團火。

環境幽美，面向著深山和紅葉，導演換了很多角度去拍，又要遮住穿幫，不然電視節目變成兒童不宜，結果拍了差不多四十分鐘。

這下子可好，我出來後雖不頭暈，但第一個感覺是口渴得要命，連吞兩瓶啤酒也解不了。走過小賣店，看到有雪糕賣，是我最愛吃的 Rich Milk，這種雪糕，雖是外國名牌，但由日本分公司自行研發出來，用了很濃的北海道牛奶，一吃就知道與別的不同，即刻買了兩個。

拿進房裡，想要吃時，才摸到這冰淇淋被凍得像冰塊，湯匙怎麼插都舀不到東西來。怎麼辦？全身還像要冒煙那麼熱，剛才的溫泉好像把我的五臟灼熟了，非快點吃冰不可。想到了，啟動電磁爐，把那兩個雪糕放進蒸籠裡，一蒸到表面融化就刮來吃，吃完又放進去蒸，兩盒雪糕輪流吃。

「嗞」的一聲，雪糕好像把內臟的火滅了。不錯，不錯，活到七老八十還有新東西試。這個蒸冰淇淋，還是人生第一次。

軟雪糕

不知道你會不會？

我在忽然間，想吃一樣東西，想到發瘋了，不吃一口，渾身不舒服。

像今天渴望吃到一個軟雪糕（霜淇淋），可真把人折騰了老半天。

軟雪糕通常由一個大型的機器，加特別的雪糕粉和濃奶製造。一按開關，流出又香又濃的雪糕出來，用一個餅製的雪糕筒裝著。講究的，這個筒子還要現叫現做，才算高級。

也有假扮，那是把一杯普通的雪糕，放進一個小機器裡，旁邊有個把手，一壓，就流出狀似軟雪糕的東西來，一點也不好吃，遠之遠之。

最美味的是在北海道吃到的牛奶雲尼拿（香草）軟雪糕，奶香十足，雪糕又濃又稠，但一點也不硬，滋味和口感都不遜義大利雪糕。吃法也不同，義大利的是做好後放進一個小長方形鐵箱中，一匙匙舀出來，沒有軟雪糕那麼柔順，也沒有如絲似綿的感覺。

言歸正傳，聽說香港的「崇光百貨」有售，軟雪糕癮一發作，即刻由九龍這邊驅車前往，發現來自北海道沒錯，但不是軟雪糕。

想起旺角有一家自助式的，又趕回來，軟是軟的，但吃過後覺得奶味不夠濃，沒有滿足感。

想找軟雪糕車，又看不到。

City'super 有呀，朋友說。又過海，到金融中心，沒看到。前幾天的報紙，說九龍新開的 The One 有一檔日本開的，又回到這邊。

店裝修得樸實光亮，由幾個年輕人主管，坐了下來，才知沒有軟雪糕，氣了起來，打電話質問友人。

那是在 City'super 的海港城店呀，回答說。好在不必通過隧道，步行去。終於，在熟食區找到了心目中的雪糕，又軟又綿，天下美味。一個不夠，店員說有綠茶味的，要不要試？好，但吃進口才後悔，又苦又澀，不像在日本吃到的，即刻倒進垃圾桶，再去買一個雲尼拿軟雪糕。店員看到我那副饞相，免費奉送，真是感謝，今天，很幸福。

舒服食物

到了吉隆坡，入住麗思卡爾頓酒店（Ritz-Carlton），酒店分兩棟，一棟是客房，另外的是供長期居客的公寓，我在後者下榻，較像住宅，很閒適。

要宵夜，可走到酒店後巷的咖啡店，那裡有檔雲吞麵，還有家賣檳城炒粿條的，更是精彩。粿條就是河粉，但比河粉薄，下的料又多得很，翻一翻來看，共有：血蚶、臘腸片、雞蛋和豆芽等；隱藏在裡面的，還有菜脯和豬油渣。

睡了一夜，翌日一大早起身，沏杯濃得像墨汁的普洱清清腸胃，就到外面散步。過了幾條街，就是Imbi Road了。角落有家叫「興城」的咖啡店，早晨六點多已開始營業。先到各個檔口巡視一下，順便點菜。

賣米粉湯的，一大碗，上面鋪著香腸和魚丸，還有大量的滷肉碎，作料溶入湯中，先喝完，再慢慢欣賞米粉。

另外又來一碟乾撈雲吞麵，湯另上，裡面有幾個魚皮餃，麵中夾著叉燒，淋上濃醬油，黑漆漆的，但一入口就知厲害，好吃無比。馬來西亞的雲吞麵和香港的完全不一樣，各有所長，但是二者都有共同點，就是沒有豬油不行。

英文有個詞，叫「Comfort Food」，是吃得舒服的意思。的確，我最喜歡，它很基本，滋味道地，在家裡做不出，外食時最為美味。山珍野味和鮑參肚翅，遇到了都要走開一邊，是百食不厭的。

舒服食物各地不同，你是什麼地方的人，就吃什麼東西，像法國人的羊角包（可頌），英國人的青瓜三明治（小黃瓜三明治），俄國人的羅宋湯。

互相吃不慣，他們看到我們把黑漆漆的麵吃得津津有味，皺起眉頭；我們見到他們啃漢堡包，也覺得為什麼如此寒酸。

舒服食物的定義，在於從小吃到大的東西，絕對是過癮的。英文中只有以舒服來說明，在我們心裡，舒服食物代表了親情、溫馨、幸福和無窮的回憶，萬歲，萬萬歲！

人間好玩

沒有人可以綁住你的思想。偶爾的放縱是件好事。但是要放縱，先要學會收拾。不會收拾，是沒有資格去放縱的。不能收拾的放縱，就是本能的衝動。會收拾的放縱，就是即興了。

玩

很多年前，我寫了一本書，叫《玩物養志》，也刻過同字閒章自娛，拿給師父修改。

「玩物養志？有什麼不好？」馮康侯老師說，「能附庸風雅，更妙，現代的人就是不會玩，連風雅也不肯附。」

香港是一個購物天堂，但也不盡是一些外國名牌，只要肯玩，有心去玩，貴的也有，便宜的更可隨手拈來。

很佩服的是蘇州男子，當他們窮極無聊時，在湖邊舀幾片小浮萍，裝入茶杯裡，每天看它們增加，也是樂趣無窮。我們得用這種心態去玩，而且要進一步地去研究世上的浮萍到底有多少種類。從浮萍延伸到其他植物，甚至大樹，最後不斷地觀察樹的蒼梧，為它著迷。

研究的過程中，我們會看很多參考書，從前輩那裡得到寶貴的知識，就把那個人當成了知己。朋友就增多了。慢慢地，自己也有些獨特的看法，大喜，以專家自稱時，看到另一本書，原來數百年前古人已經知曉，才懂得什麼叫羞恥，從此做人更為謙虛。

香港又是一個臥虎藏龍地，每一行都有專家，而怎麼成為專家？都是努力得來，對一件事物發生了濃厚的興趣，怎麼辛苦，也會去學精，當你自己成為一個，或者半個專家後，就能以此謀生，不必去替別人打工了。

教你怎麼賺錢的專家多的是，打開報紙的財經版每天替你指導，事業成功的老闆更會發表言論來炫耀。書店中充滿有錢佬的回憶錄和傳記，把所有的都看遍，也不見得會發達。

還是教你怎麼玩的書，更為好看，人類活到老死，不玩對不起自己。生命對我們並不公平，我們一生下來就哭，人生憂患識字始，長大後不如意事十常八九，只有玩，才能得到心理平衡。

下棋、種花、養金魚，都不必花太多錢，買一些讓自己悅目的日常生活用品，也不會太破費，絕對不是玩物喪志，而是玩物養志。

店鋪中的貓

最喜歡看一些商店中養的貓，和家貓完全不同，是商標的一部分。中環的「陳意齋」中養了一隻長毛貓，全白色，夥計們都做了數十年，身穿白衣黑褲，和從前養的貓很相像。老貓已走，夥計還在，養了一隻新貓，和上一代的一樣，比從前那隻貪吃懶惰，但大家原諒牠年輕，還是那麼寵愛牠。

北角春秧街的藥店中也有一隻肥花貓，整天躺在玻璃櫃上，扮老大。一向對肥貓沒什麼好感，尤其是漫畫中的那隻加菲，但這隻還好，任人撫摸。

衙前塱道上賣潮州魚飯的「元合」，也養了一隻，我和老闆莊錫和及翁麗玲夫婦已成老友，問他們說：「一整天對著魚，這隻貓看了魚不怕嗎？」

「不怕。」莊老闆回答，「只有最好的魚，牠才肯吃，嘴真尖。」

再走前幾步，就是九龍城區賣豬肉最為新鮮的「利興肉食公司」了。

老闆吳光偉夫婦的貓，最特別。

「不過是黑白花貓嘛。」有一次和友人經過，他說。

「你仔細看。」

「啊！」友人大叫，「那是一隻三腳貓！」

吳光偉解釋：「衝出街上，給的士（計程車）撞到，還會爬回來。看了不忍心，拿去獸醫那裡，動了手術，一萬塊呢。」

三腳貓完全不會因為行動不方便而改變性格，活潑地跳來跳去。

「吃豬肉嗎？」我問。

「不。只吃貓糧，其他食物一點也沒興趣。別看牠這樣，還會天天抓老鼠，咬一隻就放進垃圾桶，有時四五隻呢。」

我看得愛死。

「別的貓不聽話，這隻一叫就來，」吳老闆示範，「阿花。」

阿花果然走過去，依偎在主人腳邊，比女兒還可愛。

合照

忽然看到自己的照片，掛在一個沒有去過的餐廳牆上，我沒坐下來吃，回頭走出去。

這種情形在國內猶多，有時出席一個熱鬧的場合，陌生人前來要求合照，不好拒人千里，拍了不知多少，其中之一就被人利用來宣傳，有什麼話說？

倒楣的是，有些友人抱怨：「到你介紹的餐廳吃過，一點也不好。」問什麼店名，聽也沒聽過，實在沒趣。

最初，大家用的是傻瓜電子機（數位相機），拍照速度比菲林機（底片相機）慢，等得臉皮都笑僵了，也拍不到一張。

自從行動電話有了拍照功能之後，要求合照的次數也越來越多。令人覺得煩的是，那拍照功能摸不熟，左按右按，拍不到一張，有時候又說拍壞了，重拍一次，比傻瓜機還傻瓜。

算了，一張照片罷了，最多花兩三分鐘，但這拍一張那拍一張，加起來，就浪費了剩下不多的生命。

從前，日本明星來港拍戲，有影迷要求合照，他們都拒絕，我看到了勸說：「那是米飯班主（衣食父母），就讓人家拍吧！」

很意外地，他們聽了也照做了，當今如果我拒絕和人家拍照，豈非自打嘴巴？有鑑於此，我還是每次笑著和人家合照，但有些人還得寸進尺，前來搭肩膀，我就十分反感，三不識七，做什麼老友狀？

到食品展去，有人把一個茶包塞在我手上，合照不算，還命令要舉起茶包，明明知道對方的來意，我拿著這個茶包，也哭笑不得。

今天，在報上看到大標題：「蘜星合照，老嫩通殺」。嫩的當然不是我，我對這個女人一點印象也沒有。感覺上，好像是那張被掛在不知名餐廳壁上的照片，這種手法，總是下三濫。

從此，不再和不認識的人合照了，要怪就去怪那個女人。

年齡

我常說：「好的女人不會老。」真的。她們越來越優雅，比俗氣的八婆年輕許多，也很難猜出她們的年齡，她們的外貌都停留在三十左右，最多也就四十。

曾經以流行曲來試探過：會唱披頭四是一代，貓王是另一代，法蘭克·辛納屈又是一代，懂得唱平·克勞斯貝的，已不敢去猜。

當然，那群特別喜歡老歌的年輕人又另當別論。還有父母愛聽什麼，也會影響到下一輩人的鍾情。

品味能增加她們的魅力，像衣服顏色的配搭，令人看得舒舒服服。像不講人是非，就不惹人討厭。八婆和好女人，分別在此。

最容易老的應該是八婆。她們由一個可愛的少女，轉眼間就變成講話滔滔不絕的老太婆。講話的內容貧乏，永遠是某某人的老公和某某人的太太鬼混等等，千篇一律。資料來自八卦雜誌。最糟糕的是移民海外的八婆，談的還是過時的呢。

好女人種種花，欣賞些藝術品，恬恬淡淡，皺紋減少，真難看得出她們多少歲。

另一個方法猜測也很準確，那就是看她們的英文名字了。

叫Doris的多數的父母是桃樂絲·戴的歌迷，這些人的年齡應該在五六十歲，錯不了。

叫Sharon的較為年輕，多數是父親想莎朗·史東想得發癲。在莎朗·史東之前很少有女人叫這個名字，除了導演羅曼·波蘭斯基的老婆。

還有一個靈驗的方法：掀開她們的頭髮，看她們的後頸。

後頸上還有些汗毛的，不會老到哪；沒汗毛的，一定過三張。友人常用此法看夜總會女人，相當沒品味。知道就是，何必拆穿？自己認為她們不會老，就不老。

才女

當代的才女，必須受過大都會的浸淫：上海、倫敦、巴黎等。用中文的，更非在香港住過一個時期不可，這裡曾是中國頂尖人物的集中地。

眼界開了，接觸到比她們更聰明的男女，才懂得什麼叫謙虛，氣質又提高到另一層次，這是物質上不能擁有的。

去美國也行，但只限於紐約。當然，紐約不應該屬於美國，它和歐洲才能搭配。即使不住紐約，最少也得生活在東部，像波士頓，說起英語來，才不難聽。

最忌加州，那邊的腔調都是美國大兵式的，而且每一句話的結尾，全變成一個問號，聽起來刺耳，非常討厭，氣質即刻下降一格。

除了這些大都會，印度、尼泊爾，非洲、中東、東南亞，甚至南北極，都得走走，學習人家是怎麼活的，懂得什麼叫精彩。

才女必須熱愛生命，充滿好奇心，在背包旅行年代，享受苦與樂。如果是由父母帶去，只住五星酒店，也不夠級數。

基礎應該打得好，不管是繪畫、文學、電影和音樂，都得從古典開始著手，根基才穩。一下子乘直升機，先會抽象、意識流、新浪潮和 Rap，以為那是最好的，就走入了歧途，永不超生。

時裝雖說庸俗，但也得學習。盡看當代名家，不知道古希臘人的鞋子之美，也屬膚淺。首飾亦然，有時一件便宜貨，已顯品味。

愛吃東西，更屬必然，這是生活最原始的部分，不得不多嘗。試盡天下美味，方知什麼叫最好，因為有了比較。這麼多條件，一定要有大把金錢撒？那也不一定，有了勇氣，在任何環境下都能生存，從中學習。

說到底，最重要的還是了解男性。從書本上當然可以吸取，但在現實生活中，多交些異性朋友，不是壞事。有了這種豁達和開朗的個性和思想，才能談得上才女。不然，最多只是一個沒有品味的女強人而已。

靚女

我活在一個「會做人」的社會。

從小父母親就教導：「乖，有些話是不能當人家的面前說的。」

所以我不敢指鄰居那個胖八婆，大叫：「醜死人。」

漸漸地，這些不能當人家面前說的話，變成討好人家的話，對同一個八婆：「阿姨，你一定整天吃好東西。」

出來做事，更在老闆面前：「這都是你有眼光。」

看到又討厭又可惡的孩子，我說：「真聰明，長大了不得了。」

我做兒童的時候，也常聽到這種對白，當然學習得很到家。

會做人不是一件很壞的事，但是太過會做人，等於虛偽。

從小教孩子會做人，是不應該的。當身邊的每一個都那麼假的時候，忽然有一個肯說真話的小孩出現，等於給我這種會做人的人摑了一巴掌。

會做人做久了，就不是人了，我是應聲蟲，是騙子。在不知不覺之中，我沒有辦法改變，以為自己是一個人。

這個會做人的人，活到老了，本來可以講回幾句真話，但我已經失去了這種本能，繼續會做人，做到成為一個做不了人的鬼。

直到這幾年，我感覺非常疲倦，在現在這個階段，才學會講真話，所以很多年輕人喜歡我，因為我已經不管人家怎麼看我，把餘生用來學習不會做人。

寫文章不求留世，工作當消遣，有什麼說什麼，東西不好吃就說不好吃，這種講真話的本錢，是我花了數十年儲蓄回來的，現在不用，再也沒有時間用。

唯一有點違背良心的話，是看到女人，都叫她們為「靚女」。

愛情和婚姻

很多年輕人問我：「愛情是怎麼一回事？」

我自己不懂，只有借用哲學家柏拉圖的答案了。

有一天，柏拉圖問他的老師：「愛情是什麼？怎麼找得到？」

老師回答：「前面有一片很大的麥田，你向前走，不能走回頭，而且你只能摘一顆，要是你找到最金黃的麥穗，你就會找到愛情了。」

柏拉圖向前走，走了不久，折回頭來，兩手空空，什麼也摘不到。

老師問他：「你為什麼摘不到？」

柏拉圖說：「因為只能摘一次，又不能折回頭。最金黃的麥穗倒是找到了，但是不知道前面有沒有更好的，所以沒摘。再往前走，看到的那些麥穗都沒有上一顆那麼好，結果什麼都摘不到。」

老師說：「這就是愛情了。」

又有一天，柏拉圖問他的老師：「婚姻是什麼？怎麼能找到？」

老師回答：「前面有一個很茂盛的森林，你向前走，不能走回頭路。你只能砍一棵，如果你發現最高最大的樹，你就知道什麼是婚姻了。」

柏拉圖向前走，走了不久，就砍了一棵樹回來了。

這棵樹並不茂盛，也不高大，是一棵普普通通的樹。

「你怎麼只找到這麼一棵普普通通的樹呢？」老師問他。

柏拉圖回答：「有了上一次的經驗。我走進森林走到一半，還是兩手空空。這時，我看到了這棵樹，覺得不是太差嘛，就把它砍了帶回來。免得錯過。」

老師回答：「這就是婚姻。」

土產

已經是旅行的世紀，交通發達，去什麼地方都很方便，問題在於是不是說走就走。要是不走，一生什麼地方也甭去。

最普通是拍張照片，證明到此一遊，所以傻瓜相機賣得那麼多，柯達和富士發達了，威過一陣子，目前已被數位代替。

更普遍的是買些不管用的紀念品，紐約自由女神像、雪梨無尾熊、倫敦火柴頭御用兵，都是中國製造，你不想要，旅行團嚮導也會迫你買幾個回來。

還是吃的最實惠，新加坡豬肉乾、檳城鹹魚、曼谷榴槤糕，吃完了不會變成廢物。

就是不明白為什麼只看風景，不接觸當地人？不看人家是怎麼活的？

風景有什麼稀奇？當今電視機，要看什麼地方有什麼地方：巴黎鐵塔、荷蘭風車、埃及金字塔，看得不要再看，雖說親自感受不同，但對一般遊客，只是一張明信片。旅行最好的土產，應該是回憶。

我時常說是人，不是地方。遇到的人，才值得令你想起一個地方。如果交了一個朋友，怎麼壞的地方，都會變好；遇上一個扒手，風景再美，也印象不佳了。

對比比我們貧窮的國家，我們應該感謝上蒼，讓我們活在樂土上；去了較我們文明發達的都市，我們應該爭取那種自由的精神。

原來人可以這麼活的！在印度，人們扭一團麵，搭在壁爐上，一下子熟了脹起，就能吃了，比吃白米飯快得多了！

原來人可以這麼死的！在墨西哥，人死得多，把死亡當成一個節日來慶祝，葬禮才放煙火。死，並不可怕。

原來人可以這麼快樂的！在西班牙，明天是明天的事，何必憂國憂民？

下次旅行，帶多點土產回來吧。

尋開心

尋開心這個字眼，原有貶義，是無賴的行為。

「你在尋什麼開心？」當對方說這句話時，是罵你沒事找事做。

現代的詮釋已經不同。做人，的確是要尋開心，才是積極，快樂由自己創造，書本、音樂、種花、養魚，都是開心的源泉。

家庭主婦買菜，為了能夠減一兩毛錢，也樂個半天。到超級市場比價，看哪一家的面紙賣得便宜一點，一天很快活地過。

不過越來越是宿命論，不開心的種，養出不開心的人，父母悶悶不樂，做兒女的要擠也擠不出一個笑容。快樂或否，完全由天生個性決定，再努力也沒有用。除非你是一個以為人命勝天的人，這種「以為」的態度，已是積極。改變個性和命運的例子，還是有的。

回顧一下，有什麼事能令你大笑一場？那麼，重複去做吧！絕對沒錯。

我說過的一天活得比一天更好，是生活品質的提高，不一定靠金錢，但需要努力，花時間研究任何事，結局都能變為專家，一變成專家就能賣錢。

煩惱是不斷地出現，有什麼方法應付？學《花生漫畫》的史努比呀！在草原上跳舞，大叫

「日日是好日」。

或者，在意別人怎麼看你，又煩惱了。再次學史努比呀！在草原上跳舞，大叫：「一萬年後，又有什麼分別？」

多想想那些讓自己開心的事，想，是不花錢的，大家尋開心去也。

講座

一連在新加坡和順德做了兩次公開講座。所謂講座，也不過是回答聽眾的問題。我最怕一個人自言自語，覺得很無聊。

舉辦者說一定要有一個題目，我只有用「如何減壓」、「吃喝玩樂」等充數。其實說的內容是天南地北，像在各位的客廳中閒談，那才叫作交流。

這種講座和簽書會，都只能接觸到很少的一部分人，勞師動眾，本來不該為之，但是總想看看讀者是怎麼一個樣子，才最值得做。

我絕對不是自大狂，知道自己做了些什麼。我的文字永不悲觀，只希望帶給大家一丁丁的歡樂，當收到讀者來信，說看了我的東西後變得開朗，老懷安慰。

一上台，講了幾句，就請觀眾發問，大家問什麼，我就講什麼。何必準備題目呢？

但是觀眾總是不慣在公眾場合發問，有的怕自己的問題幼稚，有的擔心問題是否太過尖銳。想出一個辦法：讓大家拿小紙條寫上問題，交給司儀念出，我即作答。問題越來越短，我的答案也越來越精，像一個球一樣，拖來拖去。

司儀占很重要的位置，觀眾的問題與問題之間一有空檔，即刻補上，所以每次演講必請一位友人幫助，在吉隆坡做講座時，有何嘉麗的精靈古怪提問「搭救」，是當天成功的因素。

有一次由黃霑兄做司儀，我在講座開始之前已經在台上坐好。

「你慢慢才出場好了。」他說。

我搖搖頭：「這是我的策略，比觀眾先到，眼睛直望一個個走進來的人，後來入場者以為他們遲到，有點不好意思，就不會調皮搗蛋了。」

黃霑聽了大樂，說是一個好主意，下次照辦，把司儀也弄得開心，是很過癮的事。

奴才

社會上，常看到大老闆一出現，身邊就被一群手下圍住，畢恭畢敬，老闆一說什麼，即刻賠笑。這種人，看不起他們嗎？搵食（討生活）罷了，無可厚非。但始終是一種不愉快的現象。

人總是喜歡聽好話的，有了權力，周圍的人都要順他。從前微小的時候藐視這些小人，一旦自己有了地位，就要人服侍了。

但已經不是帝皇時代了，說錯話老祖宗也不會抓你去砍頭，東家不打打西家，為一份職業，也沒有做奴才的必要。

對上司，當對方是一個長輩，聽他們的教導，沒有什麼錯處。絕對不可以打躬作揖，他們一知道你是可欺負的，就會來蹂躪你。

年輕人都是由低層做起，大家都有過老闆，用什麼態度呢？不卑不亢，最為正確。對方知道你有點個性，也會較為重用你，因為你這種人才有主張。

可惜懂得欣賞有主張的雇員的老闆少之又少，多數是他們說什麼，你贊同就是，一直提反對意見，遲早有難。

把自己的看法寫成備忘錄是一個絕招，很少人肯這麼做。如果能做到，事後總可以說我已經覺察，你不聽而已。如果備忘錄上寫的東西證明是錯的，那麼勇敢承認老闆更有眼光，對方也會欣賞。

做人總得擁有一點點的自尊，為了一份工作而連它也放棄，一生只是小人一個。

從前工作的機構中也有過這麼一個小人，他附庸風雅，要我寫幾個字給他，我筆一揮，寫出「不作奴」三個字，這廝當堂臉青。還是我老媽子最狠，她靠自己實力由教師當成校長，絕不低頭，遇到我服務過的老闆，向他說：「我兒子是人才，不是奴才！」好在對方明理，聽了笑算數（算了、作罷），換個別的老闆，早就把我飯碗打破。

未來

年輕人迷惘，用憤怒來遮掩他們的不安，是很正常的事。最美的，還帶傲氣：「這個世界，屬於我的！」

當你是活在天下尖頂上的時候，你就寂寞了、孤獨了，懷了一點點的悲哀，這也是年輕人本色。不過，當他們只知一味氣死你、氣死所有的人、氣死自己的時候，你就會發現純真的喪失。這個人，變得討厭。

醫不好的，這是沒有自信的表現。他們做的第一件事，是先買個黑眼鏡戴一戴。

目光帶輕蔑和陰毒，他們的言論無理取鬧，他們的行為非常低俗。這是怎麼造成？都因為他們不肯上進，不肯努力，不肯吸收經驗。本身極為平凡，被周圍的人吹捧，卻沒有膽量享受成就。

要成為一個永恆的偶像，必須擁有纖細和敏感的個性。像詹姆斯·狄恩，就是一個很好的例子。

詹姆斯·狄恩之與眾不同，雖然憤怒，但非常脆弱。我們都愛他，想保護他。他絕對不是一個流氓，也非野孩子，更不會用傷害別人的眼光來看世界。

無時無刻，詹姆斯·狄恩不在充實自己，他上「技法」學院，讀康斯坦丁·史坦尼斯拉夫斯基的理論，他學打鼓、攝影、雕塑，甚至於牛仔怎麼打一個繩結捕牛，也是他工作中需要了解的內容。

在《巨人》這部電影之中，他的角色是個窮小子，愛他的阿姨遺留了一塊小小的地皮給他，他歡喜若狂，一步步踏這塊土地，在量它的面積，這都是農夫用的基本方法，詹姆斯·狄恩從細緻的觀察中吸收，放在戲裡。

當今大多數年輕人，都不具有這些條件，像一個被寵壞又長不大的兒童。書又不讀，更無氣質可言。從他們沒有皺紋的面孔已看到了他們垂垂老矣的未來，可憐得很。

怕

年輕人充滿信心，自大得很。

但是奇怪，他們怕這個怕那個，怕的東西和人物真多。

讀書時怕考試，怕凶惡的老師，怕交不出功課，怕考不上學校。

初闖情關，怕出現一個比你更有錢的少爺對手，怕說明愛意被人笑。

怕自己不夠好看，怕長滿臉的青春痘醫不好。怕太瘦，怕太肥，怕太高，怕太矮。怕一生孤獨沒人要。

出來做事，怕上司，怕同事用刀子插你的背脊，怕被炒魷魚找不到工作。

買點股票，怕做大閘蟹（被套牢）。買張六合彩，怕不中。步入中年之前，又怕老。

到了我們這把年紀，才真正地天不怕地不怕了。對我們來說，一生已經賺夠了，再也不能從我們身上剝削些什麼。

真不明白失戀為什麼那麼恐怖？這個不行，找另外一個呀！難道天下只剩一個女人？

樣子長得好不好看？哈哈哈哈，不好看又怎樣，滿臉皺紋又怎樣？那是我們的履歷書。

生了一個大肚腩？好呀好呀，女人當枕頭，還不知多舒服！這個年紀，有肚腩才是正常。骨瘦如柴的，不聚財。

遇到有錢佬，照樣你一句我一句，身分平等。你以為他有錢，死了之後就會留給你？

遇到高官，還是開開玩笑算了，也不會因得罪了他們而被秋後算帳的。

看醫生時，說一句：「大不了死了。」一切，就那麼輕鬆帶過。

如果上帝出現在眼前，問問他：「你出恭（上大號）的樣子，是不是和平常人相同？」

大肚鍋和大肚腩

年輕時居東京新宿區柏木町，一間叫「綠屋」的木製公寓。路口是屋主開的店鋪，專賣味噌，做味噌湯，不愁沒有原料。

屋主是位大肚腩的中年漢子，非常勤勞，人和善，常把醬著味噌的鯛魚肉拿給我們送酒，永遠是笑嘻嘻。他的口頭禪是「做人真好」。

太太又瘦又乾，除了看店，一切家務完全由她負責，服侍著胖丈夫和兒子。

屋主的兒子和我們一樣年紀，他把一個頭髮染成金色的鄉下少女帶回家，父母親疼愛、責罵之餘，無奈地讓出一間房，給他們同居。

「綠屋」一共有八個單位，屋主與兒子占兩個，我們一個，其他的都住著酒吧的媽媽桑或陪酒女郎。

在學校上了兩堂課，已發悶，從此翹課，我們的日語，都是由媽媽桑們教導的。

東京酒吧十二點便打烊，她們回家後餘興未盡，就抓我們到她們的閨房喝酒，東一句，西一句，聊了起來，酒喝得越來越多，醉了，便擁抱而睡，也沒什麼越軌行動，否則便就強姦老媽子，是不可饒恕的。

日語逐漸女性化，更是不可饒恕。趕緊每天泡電影院，挑選一部石原裕次郎主演的片子，一看就看他兩個星期，每天看四場，同樣的電影，對白看得滾瓜爛熟，出口成章。十四天下來，日語已是雄赳赳的了。

我們在公寓中受歡迎的主要原因，是燒菜燒得非常出色。

看完電影，順道到「伊勢丹」百貨公司的地下食品部，買一大堆豬手回家，另購一個餐廳廚房用的大肚鍋，把豬手洗淨扔進去，滾水，加醬油、五香和冰糖，煮個兩小時，香噴噴的味道，早已吸引不少鄰居。連屋主也笑嘻嘻地來家賴著不走，先給他來一大碗，吃得他連手指也噬了，大叫「做人真好」。

公寓沒地方擺冰箱，那一大鍋紅燒豬手哪吃得完？便打開窗戶，放到外面，天寒，不消數分鐘，已結成豬肉凍。

肉凍更是媽媽桑們的「大好物」，「大好物」在日語中是最喜歡吃的東西的意思。

「快去拿些碗碟來！」媽媽桑下命令。

住在其他公寓的酒吧女，雖然不在媽媽桑店裡工作，但職業上的身分究竟低過媽媽桑，平時也聽她們使喚。

大肚鍋豬手像永遠吃不完，剩下的濃肉汁拿來滷蛋，第二天晚上拿到酒吧女閨房喝酒，東一句，西一句，聊了起來，酒喝得越來越多，醉了，便擁抱而睡。年紀相若，當然有越軌行動。

我們的公寓，最初只有一個叫蘇進文的同學和我一起分租。夜夜笙歌的吸引，搬來了老李，接著是徐勝鶴和一個我們叫老老的跳芭蕾舞的同鄉，還有白貴池和劉奇俊，用手指一算，九疊大的小房子，一百六十二平方英尺，住了七個人。

其中老李更是烹調高手，家裡錢一寄到，我們成群結隊地又跑到「伊勢丹」去，大包小包捧回家。

這次可沒有豬手那麼寒酸，大魚大肉的，星期六晚上，來個「豪門」夜宴，一煮就是數十道菜，整棟公寓的人都請來了，食至天明。

星期日下午的陽光，似特別溫暖。屋主懶洋洋的，抱著那個大肚腩，在院子中享受日光浴，說聲「做人真好」。我們房客都在議論，這肚腩如果沒有珍．曼絲菲（演員）的巨乳那麼大，也至少有環球小姐的三十八吋胸。

不長進的兒子對他父親的肚腩最感興趣，走過時摸了一下，給他老子痛罵衰仔。

錢都吃光，剩下來的日子也過得很舒服，再次去「伊勢丹」，向賣魚攤子的老頭，免費要了一個他要扔掉的魚頭。

哈哈，又有魚頭沙煲可吃，將魚頭炸了一炸，又到酒吧女們處找大白菜、冬菇等材料，向屋主要了一些味噌，當然是品質最佳者，買豆腐的錢還是有的，通通扔進那個大肚鍋中，又是豐富的一餐。

過年屋主穿了質地華貴的和服，拿了一包味噌來拜年。和服這種東西設計得最合理的了，不像褲子那麼管束腰圍。左右一包，纏上條帶，任何尺寸都適合，屋主的和服姿態非常莊嚴優雅，和那個大肚腩襯得完美，是我們這些高瘦的年輕人永遠學不到的樣子。

春天一片芽綠。屋主的家，半夜傳來一陣號哭聲，是屋主因輕微的傷寒，急病而死。

整棟公寓也和死一般地靜寂。

守夜那晚，依日本人習慣，喪家準備了大量的壽司宴客，還有數不盡的大瓶清酒。

不長進的兒子說：「爸爸昨天解剖，我說什麼也要去看他那大肚腩，是什麼東西。」

「是什麼東西？」媽媽桑和酒吧女們追問。

「都是肥膏，至少有一吋厚。」兒子說。

我們想開玩笑，說把它拿來紅燒多好，但是說不出口。

大家都發現鬧一晚，盡是喝酒，肚子裡一點東西也沒有，就拿出那個大肚鍋來打邊爐，把鋪在飯上的生魚掀起來扔進鍋中，灼熱了吃。

「都是吃你們的豬手吃死的！」小酒吧女醉後胡說八道。

大家聽了都要掀著她來打。酒吧女嬉笑逃走，給媽媽桑擋著去路，按倒地上，搔她的胳肢窩。屋主的太太媳婦也前來參戰，眾人你壓我我壓你，亂成一團。不長進的兒子喘著氣，叫道：

「做人真好。」

人間有情

每人都有優缺點，與人交朋友時，我們要看他好的一面，若你一直挖他的瘡疤和缺點，只會讓自己辛苦，也不會交到朋友。

古龍、三毛和倪匡

三十多年前，我在台灣監製過一部叫《蕭十一郎》的電影。徐增宏導演，韋弘、邢慧主演，改編自古龍的原著。買版權時遇見他，比認識倪匡兄還早。

數年後我返港定居，任職邵氏公司製片經理，許多劇本都由倪匡兄編寫，當然見面也多了。

有一次，我們三人都在台北，到古龍家去聊天，另外在座的是小說家三毛。

當晚，三毛穿著露肩的衣服，雪白的肌膚，看得倪匡和古龍都忍不住，偷偷地跑到她身後，一二三，兩人一齊在左右肩各咬一口。

可愛的三毛並不生氣，哈哈大笑。

那是古龍最光輝的日子，自己監製電影，電視劇又不停地拍攝。住在一豪宅中，馬仔數名傍身，古龍儼如一黑社會頭目。

個子長得又胖又矮，頭特別大，有倪匡兄的一個半那麼巨型，留了小鬍子，頭髮已有點禿了。

「我喜歡洋妞，最近那部戲裡請了一個，漂亮得不得了。」古龍說。

「你的小說裡從來沒有外國女子的角色。」三毛問，「電影裡怎麼出現？」

「反正都是我想出來的，多幾個也不要緊。」古龍笑道，「有誰敢不給我加？」

「洋妞都長得高頭大馬。」我罵古龍，「你用什麼對付？用舌？怪不得你還要留鬍子。」

大家又笑了，古龍一點不介意，一整杯伏特加，就那麼倒進喉嚨。是的，古龍從來不是「喝」酒，他是「倒」酒，不經口腔直入腸胃。

這次國泰開始直飛往美國舊金山要我們來拍特集，有李綺虹、鄭裕玲和鐘麗緹陪伴。倪匡兄在場，哈哈哈哈四聲大笑後說：「有美女、好友作樂，人生何求？」

話題重新轉到三毛和古龍。

「我和三毛到台中去演講，來了七八千個讀者，三毛真受歡迎，當天還有幾個比較文學的教授，大家介紹自己時都說是某某大學畢業。輪到我，我只有結結巴巴地說只是小學畢業。三毛對我真好，她向觀眾說：『我連小學都還沒畢業。』」倪匡兄沉入回憶。

「聽說古龍是喝酒喝死的，到底是不是真的有這麼一回事？」鄭裕玲問。

「也可以那麼說，我和古龍經常一晚喝幾瓶白蘭地，喝到第二天去打點滴。」

倪匡兄說：「不過真正原因是這樣的，有一次古龍去杏花閣喝酒，一批黑社會來叫他去給他們的大哥敬酒。古龍不肯。等他走出來時那幾個小嘍囉拿了又長又細的小刀捅了他幾刀，不知流出多少血來，馬上送進醫院，醫院的血庫沒那麼多，逼得向醫院外面路邊的吸毒者買血。血不乾淨，結果輪到有肝炎的血液。」

我們幾人聽了都「啊」的一聲叫出來。

倪匡兄繼續說：「肝病也不會死人，但是醫生說不能喝烈酒了，再喝的話會昏迷，只要昏迷了三次，就沒有命。醫生說的話很準，結果我聽到他第三次昏迷時，知道這回已經不妙了。」

「古龍對於死有迷戀的，他喜歡用這個方式走。」我說。

倪匡兄贊同：「三毛對死也有迷戀。」

「聽說她以前也自殺過幾次。」鄭裕玲說。

「嗯。」倪匡點頭，「古龍死的時候，才四十八歲，真是可惜。」

倪匡兄仔細描述古龍死後的怪事：「他那麼愛喝酒，我們幾個朋友就買了四十八瓶白蘭地來陪葬，塞進棺材裡。他家人替他穿了件壽衣，古龍生前最不喜歡中國傳統服裝的，還替他臉上蓋了塊布，我們說古龍那麼愛喝酒，不如就陪他喝吧，結果把那幾十瓶酒都開了，每瓶喝了幾口，忽然——」

「忽然怎麼啦？」我們緊張得不得了。

倪匡說：「忽然古龍從嘴裡噴出了幾口很大口的鮮血來！」

「啊！」我們驚叫出來。

「人死了那麼久，擺在靈堂也有好幾天，怎麼會噴出鮮血來？這明明是還沒有死嘛，我們趕快用紙替他擦口，不知道浸溼了多少張紙，三毛和我們都說他還活著，殯儀館的人一定要把棺材蓋蓋上，他們怕是屍變。我一直抱著棺材，弄得一身塗在棺材上的桐油。」

「結果呢？」我們追問。

「結果殯儀館叫來醫生，醫生也證明是死了，殯儀館的人好歹地把棺木蓋上，我也拿他們沒有法子。」倪匡兄搖頭說。

聽了嚇得鄭裕玲、李綺虹和鐘麗緹三位美女失聲。

「都怪你們在古龍面前喝，他那麼好酒，自己沒得喝，氣得吐血！」我只有開玩笑地把局面弄得輕鬆點。

倪匡兄點點頭，好像相信地說：「說得也是，說得也是。」

酒蟲的故事

黃霑昨天生日，大宴群友，狄龍哥坐在我旁邊，倪匡兄坐在對面。

倪匡兄和我手上已各有一杯白蘭地，問龍哥要不要喝酒，他點點頭指著酒杯，向侍者說：「來杯殺蟲水。」

侍者詫異地倒酒給他後：「為什麼把酒叫作殺蟲水，殺的是什麼蟲？」

狄龍懶洋洋地說：「殺肚子裡的酒蟲。」

全桌大笑，拍掌稱好，龍哥大俠形象，大家都不知道他的書生式幽默感原來是那麼強。

倪匡兄繼續講酒蟲的故事：

一個人喝酒喝窮了，下決心戒酒，但是肚子裡的酒蟲像要伸出手來抓舌頭，不得不喝。

一天，他叫人拿了數罈美酒放在面前，又把自己綁在一棵樹上，幾個時辰下來，酒蟲都忍不住由他的口中爬了出來。

這個人從此不喝酒，但是後來也窮死餓死。

至於怎麼會窮死的，倪匡兄說《聊齋》沒有記載。這是一個好題材，今晚一定寫下來。

黃霑兄已醉，走過來抱住倪匡兄與我，大叫：「我們三人可以來一個專欄，名曰『三鞭丸』。」

我想如果加了龍哥，是否可叫「八卵集」呢？

倪匡傳

產生一個念頭，就是替倪匡兄寫一傳記。我想我有資格擔任這個工作。

傳記很難寫，馬克·吐溫認識過一位很有趣的友人，文章又寫得好，就湊一筆錢，請他作自傳，結果寫出來的是一大堆垃圾。因為人皆有私隱，不暴露便不好看，抖了出來，更非本人所願也。

倪匡兄不屬常人，他想講什麼就講什麼，但赤裸裸，不會有所顧忌，而且他已退出江湖，更能暢所欲言。

問題在他一生多姿多彩，數十巨冊都寫不完，要寫他的傳記，非得和他泡上一年半載不可。這也是樂事。

不但是倪匡有趣，他身邊的人物亦富傳奇性：喝酒喝到死的古龍、神經質的三毛等。人已去世，只要不損害到他們的形象，多寫些別人不知道的，總不會由棺材中爬出來呱呱叫，大罵倪匡吧？

倪匡當年，寫了上千個劇本，所遇電影工作人員眾多，他向我談及幾件，我已笑得由椅子上跌下，這一群人很多已不做電影，但讀者還是認識的，談談他們的往事，雖不是很光彩，但也無傷大雅。

和黃霑做的《今夜不設防》亦有許多幕後的資料，但嬉笑之餘，倪匡可以把養金魚、收集貝殼、設計 Hi-Fi、自製家私（家具）等實際的知識加在裡面，亦能讓讀者得益不淺。

倪匡要是知道我有這個主意，一定搖頭大笑：「不必多事。傳記是記人，我不是人，我來自外星，熟讀天文，自然看出我的一生。」

倪匡來信，感謝寄贈暴暴飯焦（一種鍋巴小吃），是到時候，應再郵寄了。

生意是生意，不能白送，但豈能向老友伸手要錢？只有把他的來信照抄一篇刊登，賺點稿費，幫補幫補。

信中提到的梔子花，我是記得亦舒曾寫過。在墨爾本，一時想不起，又沒有英漢字典在手，只用了個英文學名，倪匡是園藝專家，一看即知我在說些什麼。

一般上他的來信甚短，此次寫得那麼長，大概是看了我在澳洲的生活片段，有點像他的移民生涯互相有共同點吧。

牛舌去皮妙方，的確行得通。此乃經驗之談，錯不了，倪匡兄要求的硬度，不知要硬成怎麼樣才叫夠硬？可在放入冰箱時不包上一層保鮮紙，便越凍越硬。放一天，兩天或三天，試其硬度，擇其一，今後依樣畫葫蘆。

硬度夠理想，冰箱銷路至少加十倍，倪匡兄的文學誇張之至，前無古人。

倪匡在書信中，喜歡用「之至」一詞，任何事都之至一番，我亦受感染。

說回暴暴飯焦，倪匡愛吃，可能是因為朋友的感情引起。他曾經說過，吞降膽固醇藥丸，吃得胃痛，但數片飯焦下肚，無藥自癒。我應該把他的來信原封不動拿來做廣告，一定比養命酒的效果更佳。

為他立傳事。昔，趙之謙友人曾稼孫愛其篆刻之至，為他刊印印譜，趙之謙又歡喜又脫不了文人酸氣，特別在印譜上寫了「稼孫多事」四個字。

信封上的人名地址，都是倪太代勞，可見倪匡是把信一寫完，隨手扔給他老婆，因為他怕寫英文，接著一句：「珍妹妹你替我辦好。」

倪太聽了甜蜜蜜的，再麻煩的事，遵命可也。

餐桌

「我已完全不喝酒了。」倪匡說，「昨天朋友請吃飯，喝了兩杯啤酒，即醉！」

「你不喝，我喝。」我把帶去的那瓶好白蘭地開了，猛灌幾口。

他終於忍不住，舉起空杯：「我也要！」我望了倪太一眼，她溫柔地微笑。得到她的許可，我倒了一點點給倪匡。

「生日快樂。」我說。

倪匡驚訝：「你怎麼記得？」

我說：「算命的說你活不過六十歲，我特地來看你怎麼死的。」

「呸呸呸！」倪匡舉拳要擊吾腦。

他過了這一關，相信將會變成百歲人魔。

我們繼續平淡地喝酒，安詳地話家常。

「我父親去世後，」我說，「我更覺得法律的野蠻，我們應該有選擇自己什麼時候死去的權利。」

倪匡贊同，倪太不出聲。

「我一向自由慣了。」我說，「要是連死亡也要被天決定，我不肯，我想我在這麼一天來到時，自己決定時刻，在睡覺中走！」

「好個在睡覺中走，乾杯！」倪匡說。這次輪到倪太舉拳擊他的腦。

一切對話在倪匡的廚房中進行，一千尺左右（約九十二點九平方公尺）的地方，有張餐桌，和他們夫婦相聚的這一段時間，都圍繞著這張餐桌。

廚房有兩個大冰箱，連臥室一個，地下室一個，一共有四個。

「我要去買一個更大的冷凍箱，大得像棺材一樣，但她不肯出錢。」倪匡指著倪太說。倪匡以前賺的稿費，都分一半給他太太，現在他那一半完全花光，所有的支出都要得到倪太的准許。她若有不快，即刻經濟封鎖。哼哼，看你怕嗎？

倪太懶洋洋地：「我當然不肯，怎麼知道他會不會有一天發起神經來自己躺進去！」

寵物

肚子有點餓，倪匡吩咐太太把他燒的水魚湯弄熱，大家喝。

倪家永遠有一兩個常備的菜。紅燒元蹄、熟羊肉等等。煮好即吃一頓，剩的放在冰箱。再吃，再放，直到完全消耗為止，一點也不浪費。有時到餐廳去，把剩菜打包帶回家，照樣處理。在香港時有位家政助理，每天有新鮮菜。舊金山的生活大可不同。

也想不到倪匡的廚藝那麼精湛，水魚做得一點也不腥，真不容易。居美期間，他自稱為「三藝老人」，說文藝算排最尾，園藝可以在他種滿花園的花證實成功了。壁上還有整排關於種花的書，他現在有資格自寫一本。至於廚藝，毫無參考資料，是無師自通的。

「你這滿臉的鬍子和長頭髮，是為著你父親留的？」倪匡望著我問道。

我點點頭說：「古人戴孝三年，現在生活節奏快，守一年。」

「你爸爸去世的時候多少歲？」

「九十。」

「呸呸呸，已經那麼長壽，應該高興才是。」倪匡罵我。我不出聲。

「相命的有沒有說過他活到這把年紀？」

我搖頭：「他從來不看占卜。」

「這也好，」倪匡說，「看命的對過去的事很靈，後來的不一定準。」

「是呀。你就是一個例子。」我說。

「能過六十歲這一關，也有很多因素的，」倪太說，「比方老婆好，兒女好，或者自己做過什麼好事，都能保住。」

「我從來沒做過什麼好事！」倪匡說。

「有。」我說，「你家那兩隻寵物，從銅幣那麼小，養了幾十年，大得像半個西瓜，而且還長著綠色的長毛，肥肥胖胖，和你一樣。」

倪匡笑笑：「你罵我是烏龜？」

報紙

倪匡聽到我救活金魚的事，哈哈大笑。

「但是，我明明看到牠見了水泡才活過來的樣子！」我抗議。

「那是牠故意裝出來的，我時常一個月不開氧氣泵，牠也死不了。」倪匡說。真給牠氣壞，老頑童主人，養了一條老頑童的金魚。

我把做好的湯舀出來給他們夫婦喝。

「鮮甜得不得了。」倪匡大贊，「而且一點味精也沒，是怎麼弄出來的？」

睡不著，我把他家四個冰箱都翻了一次，裡面有一包曬乾的小江魚，便把大量大蒜拍碎，扔進鍋裡和江魚乾一起滾個十幾分鐘，再找到一盒新鮮的蘑菇，切片後白灼，江魚本身是鹹的，什麼調味料都不用放。

另外看到幾條美國華人工廠做的臘腸，又見有剩下冷飯和雞蛋，便炮製一個蔡家炒飯，炒得蛋包著米，粒粒金黃。

吃完早餐倪太開車，到附近的唐人街去買《星島日報》，這是他每天的習慣。

倪匡說我腿長，叫我坐前面，自己很費勁地鑽進雙門車的後座。下車時也需掙扎一番才能爬出，辛苦得很，看得真是於心不忍。

這裡的報紙盡是些香港的新聞，倪匡從頭到尾隻字不漏，連廣告也讀，汁都撈埋（一點也不漏）。

倪太對娛樂版很注意，當然是希望偶爾能見到兒子的消息，對香港藝壇的近況，他們兩夫婦都很靈通。

近來讓他們留下很深印象的是羅家英。

「想不到這傢伙還去搞搞震。」倪太說，「有個阿姐不就夠了嗎？」

「香港人把他叫花心禿鷹（英）。真是絕到透頂了。」倪匡哈哈大笑。

倪太和我，對這個花名，也覺得越來越好笑，三人笑成一團。路過的人，都以為我們是瘋子。

廚房

順道去了海鮮店。倪匡說：「有一種淡水魚，鮮得很甜，只嫌骨太多，只有在舊金山才買得到。」

真是一種貌不驚人的河鮮，到底好不好吃，我倒有點懷疑。

為了保險，我買了兩隻大龍蝦。

回到家裡，倪匡把魚蒸了，另外準備汁料淋在魚身上。他廚房中有一瓶巨型的「美極」醬油，足足有中國醬油瓶那麼大。

「怎麼用這種鬼佬東西來蒸魚？」我問。

「哈，」倪匡說，「你不懂，這是福臨門的大師傅教我的。」

對魚已不相信，加鬼佬醬油更有戒心，反正廚房是他的，任由他炮製。

我將龍蝦鉗腳斬下，扔進鍋中，和豆腐及芥菜一起滾湯，加上一片薑。

又把鍋燒紅，不加油，整隻龍蝦放進去，撒上大量的粗鹽，把蓋蓋上。

三人繼續圍餐桌聊天，不消片刻，魚已蒸熟。入口，肉質果然幼細、香甜，美極醬油的古怪味道全無，不遜蘇眉、老鼠斑等高級海鮮。

我不會吃魚，倪匡盡讓我吃肚子上的肉，沒那麼多骨頭。

香味由鍋中傳來，龍蝦已焗好，我用剪刀剪開，給他們夫婦吃，自己只顧飲酒。

湯也好，呈乳白色，倪匡喝了說：「好久沒吃過那麼苦的芥菜。」

從頭到尾三個菜，簡簡單單，吃得一乾二淨。倪太又把吃剩的炒飯在微波爐中熱一熱。三人吃完大喊：「飯氣攻心！」然後大家都把頭埋在餐桌上，昏昏欲睡。

與倪匡共聚的這十數小時，安詳度過。發現一個奇蹟，帶去的那瓶白蘭地只喝了三分之一。想起從前我們一乾起來，半個小時就乾一瓶的日子，恍如隔世。

快樂

太忙的時候，又想不出東西來寫，交稿變成苦差事。生日那天，亦非寫不可。可什麼辦法變為樂趣呢？當然是打電話給倪匡兄了。

哈哈哈哈，他大笑四聲之後說：「我們這裡的電視已看到你的節目了。」

咦？前個星期天才播出新的，怎麼那麼快？香港、舊金山兩地同時播嗎？

一問之下，原來是去年拍的那一輯。

「看到那碗海膽飯，口水直流，」倪匡兄說，「別的不羨慕，只羨慕那碗海膽飯！不見你的人，報紙上卻每天接觸到你的文章。」倪匡兄又說：「看到你坐輪船到蘇俄，只是睡覺。什麼地方不可以睡？要跑到俄國去睡？」

我也笑了，換個話題，我說：「高志森和黃霑來找我，要我去做講座，我說《今夜不設防》到現在已經十年，要我一個人做，不如三個人做。聽說你已經拿到了美國公民權，什麼地方都可以去了？」

「拿是拿到了，什麼地方都不想去。」

「那我們搬到舊金山去做，透過人造衛星轉來香港。」

「那就義不容辭了。」他笑。

「考到公民權，護照也拿到了吧？」

倪匡笑：「隔天就去申請，移民局說付三十塊美金，要六個星期。多付三十塊，六天就可以拿到，錢真是好東西。」

「你什麼地方都不去，六個星期和六天不是一樣的嗎？」我說。

「過癮呀。」倪匡兄滿足地說。

「你的英文那麼差，怎麼考得過？」

「我已經來了七年了！英文怎麼會差？」倪匡兄大叫，「移民官問我，你住了七年，為什麼沒出過國，是不是不愛旅行？我回答說：我愛旅行，但更愛美國！移民官馬上批准！哈哈哈哈，中國迷湯的厲害！」

當頭一棒

「我們在舊金山也看到你在辦旅行團的事。」倪匡兄在電話中說，「收得太便宜了，住得好吃得好，哪有這種價錢？」

「已經比別人貴兩千多了。」

「再貴一倍也不要緊，」他說，「參加旅行團最討厭的就是那些收費低的，我一向認為豪華團有大把人喜歡。」

「香港目前經濟不好嘛。」我說。

哈哈哈哈，他大笑：「什麼經濟不好？大家一聽風吹草動就喊窮罷了，你隨便到街上找一個肥婆來問問，她銀行戶口至少有兩百萬，叫她們拿百分之一的錢出來玩，只要值得，還是肯花的。」

「最糟糕的還是遇到日元升得那麼高！」我說。

「還不是嘛，日本仔怎麼搞的？」倪匡兄說，「忽然這個時候才漲！我每天看外匯報導，又起了一塊，直代你擔心。」

「話說出來，也不能收回的呀。不要緊，頂得順的。」我說。

「記得下次要得收貴。」他說，「這世界上有名氣費這一回事的。」

「嗯。」我只好這麼回答。

「房子買了沒有？」他問，「現在跌一半，不過你等它再跌一半才買好了。那才是合理的價錢。」

「現在已經有很多人失業了，再跌的話可能更慘。」

「慘？什麼慘？香港人還有十七萬個菲傭用，怎麼叫慘？把這十七萬人都遣散回去，也不叫慘，那十七萬個家庭主婦都出來做回菲傭的工作，也還是不叫慘。真正的慘，是十七萬人失業，才叫慘。現在香港人還有無數個行動電話在用，非洲人一個都沒有。」倪匡兄當頭一棒，打得真好，當十七萬家庭主婦，去按摩店找工作，香港才是窮。

何老師

這次蘇美璐畫展，最大的功臣是「龍華茶樓」的老闆何明德兄。年紀不大，是四十出頭的人。

從義務地借出場地，到裱裝畫架，都由他幫忙，加上一群茶樓熟客都是各行業的專家，有他們的協助，展覽於二月二十五日圓滿結束。

其間，蘇美璐現場示範，作畫給一群女學生看，讓她們看到一幅作品從一張白紙誕生。其中要是有一兩位受了影響，引起作畫的興趣，目的也已達到。

特地從香港來看畫的人也不少，尤其是在新春期間，茶樓開市，也打電話來詢問，何老闆犧牲一年只有幾天的休息時間，開門給人觀賞。

澳門人一向悠閒慣了，「龍華茶樓」下午兩點鐘已經閉店。一早開嗎？也不是，七點半才營業。為了畫展，何老闆每天多開幾個鐘頭，笑嘻嘻地說：「不要緊，有人愛看就是。」

茶樓中擺了很多普洱，是何先生每年收購，放久了，才拿出來給客人喝的。每位只賣五塊錢澳幣，你要自己帶茶來？也行，不過得照付五元。

每種點心賣七塊錢。白切雞飯做得最出色，賣十七塊。乾炒牛河、肉絲炒麵等賣二十，茶樓最貴的是珍肝窩麵，賣二十五。這麼多年來，價錢一直不變。

何老闆的三個妹妹都已移民到舊金山去，其中一位為了看畫展專程回來，個性和哥哥一樣固執。有人只要買普洱，她說：「賣了就變茶商了，你們要喝，來店裡喝好了。」

在提督市北街上的產業是自己的，變賣的話，根本就不愁三餐，但何老闆的興趣在於交朋友、聽鳥啼和參加藝術活動。維持這間老式的茶樓雖辛苦，但毫無怨言，他有自己一套的處世哲學。他看到我，很客氣地叫了一聲蔡老師。其實，我應該叫他何老師才對。

童年往事

蘇美璐回到小島，發了一封電子郵件過來。

這次他們一家三口，從香港乘直航機抵達阿姆斯特丹，在機場等了好幾小時，再轉機到蘇格蘭的亞伯丁。那裡有汽車渡輪去他們居住的謝德蘭群島（Shetland），但一天只有一次，趕不上了，得在亞伯丁的旅館住一晚上，翌日再乘十二個小時的船回家。一共花了三天，蘇美璐說還算順利，不是十分辛苦。

信中多謝我們為她和先生在港澳開的兩個畫展，要我問候阿 May、Nicole、Fiona 和 King 等人，並向龍華茶樓的何老闆及友人致意。說這次出門對他們一家，是一個珍貴的旅程，難得的經驗。

我已經不耐煩，為什麼還沒提到阿明？這裡的朋友和同事都知道。她太可愛了，走後大家都想念她。

小島上的天氣是十分寒冷的，有時還看到北極光，蘇美璐的先生樂山夫說過，島上沒什麼樹木，為了造船和建屋，都伐光了，這也是不可避免的事。

至於吃的方面，沒賣，必須到另一個更大的島上，那裡才有市場。漁民出海，抓到什麼就大家分來吃，倒是免費的。

蘇美璐在那邊生活，最懷念的是茶餐廳和咖啡室。島上只有一家酒吧而已，來來去去都是同樣那幾個酒鬼客人，非常枯燥。

但是，阿明可樂了。回去的前一晚剛好下了一場大雪。天一亮，阿明就拖著雪筏去溜冰，連外套都不穿，半裸也不覺得冷。

可以想像到阿明的喜悅，前一段東方的日子，她感到格格不入，落寞寡歡，令人生憐。

友人都擔心，阿明長大了會是怎麼一個人？父母安排送她到大島亞伯丁去讀書，也得融入學校的團體生活吧？不過，等到亭亭玉立，也不會忘記童年在小島上自由奔放的日子。我想。

結局

吳宇森兄從加州傳真一封信過來，談及黃霑兄走前還有一點痛苦，我感受頗深。

關於死，中國人諸多忌諱，不去涉及。那麼一個歷史悠久的國家，對一切都有研究，變成文化。但死，沒有文化。

人生盡頭，最好苦楚全無，打麻將打到一半暴斃，或馬上風，樂事也。

死法學老和尚吧，他們在最後那幾天斷食，安然離去，這是最文明的安樂死，在西方還沒有提倡以藥物終結生命時，東方人老早已想到。但願自己走時，安樂死已經普及化，以免那幾日的挨餓，哈哈。

追悼會一定要在生前舉行。大家在一起開個派對，吃吃喝喝後離開，從此隱姓埋名不涉世事，不見熟人，與死相同。

佛教也提過，臨終前家人不要哭哭啼啼，否則影響到死者，令其幽魂不散。讓他們安安詳詳離去吧，別太過悲哀，這一點天主教做得很好，我們還是不行。

我很相信死後靈魂還在這一件事。西方也有科學根據，說屍體會比在生時輕，這不是水分揮發。

我最敬仰的弘一法師在遺囑上也寫明，圓寂後八個小時內別移動軀體。他說的一定有他的道理。所以家父走時我堅持安放於臥屋裡，南洋天氣熱，一般人會即刻送殮打防腐劑。

說也奇怪，房門開著，去世後剛剛好八個小時，忽然聽到一聲巨響，門關閉，好像在告訴兒女，我走矣。冷氣房，絕對不是風在作怪，當今想起，有點寒意。

之後，已是皮囊一副，靈魂消散了吧？如果還有靈魂存在，這世上已擠滿，沒空間了。土葬火葬，家人再也不應執著，但將骨灰撒在至愛的維多利亞海港中，即使犯法，也要迫他們去做，這才是完美的結局。

罵人

黃霑走了，追思會也辦過，報紙雜誌上的報導還是不斷，他的歌，電視上重播又重播。

這幾天，每次舉筆，腦海裡全是他的歌詞，寫不出，幾乎要開天窗。

追思會那天，一早去了，不能進場，工作人員把我拉入一間休息室，進門一看，都是好友，都在等待。

一會兒有人走入，說可以進場了。走到一半，又說人多混亂，還是回休息室好。

又過一會兒，再來請，走出，又被截止，說外頭太陽熱，不必那麼早去。

火了，正要大嚷，林青霞看我面色不對，即刻和沈殿霞過來勸止。有一位大美人和一個開心果引開注意力，也就平靜下來。

我現在更了解當年倪匡兄的心情，他去舊金山之前，經常發脾氣，一看到不如意的，即破口大罵。人生苦短，要做什麼就做什麼，罵是真，發脾氣也是真，不管那麼多了。

有位長輩說何必呢，學我爐火純青好了。我才不要爐火純青，青來幹什麼？還我火樣紅，不行嗎？

等了好久，預定的開場時間也過了，我又生氣，林青霞醒目（聰明），偷偷向工作人員說，讓他先去算了。

到了靈前，獻上枝花，向黃老霑招招手，就退出。

走到停車場，一群記者問我為什麼那麼早走？我回答：「世俗事，不必拘泥。」

回家趕稿，還是隻字不出。打開電視，看人大聲呼籲，追思會變成禁菸大會，好在早走，不然上前揪打。出外散步，遇到好友，向他訴苦，他回答說：「心情不好，罵人可也。」

好，這幾天，就專寫罵人文章。但一下筆，又聞歌聲，今後也會如此吧？與黃老霑不見面罷了，他沒死。

老節目

黃霑兄逝世，電視台又重播我們的老節目《今夜不設防》。

何年何日錄的？依稀記得已有十數載了吧。

大家樣子還很年輕，其實當年黃霑與我都已近五十。家父離世，我悲傷過度，一夜白頭，恢復我實際年齡。當今蒼老得多，人家談及我都回答：「那是我兒子。」

在一起是很開心的，像跑去夜總會一樣，大酒喝，有菸抽，又有美女陪伴，領片酬時總覺得不好意思，應該由我來付才是。

黃霑兄的話最多，倪匡兄的話觀眾都聽不懂，我則怎麼擠都擠不出一句來，人家問我，我又回答：「片酬一樣，說那麼多幹什麼？」

談話節目最主要的就是談話，不是訪問，之後有許多同類型的出現，主持人手上拿著稿紙，問嘉賓一句，對方回答一句，就很不好玩了。他們都忘記什麼叫談話：談話沒有題目，天南地北；促膝舒暢，又哭又笑，方向不定，才是精神。

當錄影棚是我們的客廳，把這客廳搬到觀眾的家裡，讓大家都能參與，節目才能做得成功，記得有一次監製拿了調查報告來，說收視率有七十多個點，那時段香港人都在看。

連 BBC 也派一外景團隊來現場拍過，說是當今最自由自在的節目。那時候的當今，已是十多年前的事。當今的當今，限制多了，再也不那麼奔放了。

這節目也出過 VCD，如果有興趣可以去購買，我認為做得最精彩的是張國榮那一集；和張艾嘉聊天，也讓觀眾笑壞肚皮。

曾經企劃過再做新一輯的《今夜不設防》，倪匡兄不肯來香港，可搬到澳門去錄影，他答應過我那邊的美食坊開幕時專程來的。現在黃霑兄作古，已沒法子實現，大家要看，只剩下老節目的 VCD 了。

退休

「只要你肯來就是，什麼時候到不要緊。」聽到了真高興，倪匡兄一向是一個從不走回頭路的人。

「對了，你離開香港有多少年了？」雖然中間去舊金山看過他，但也好像是半個世紀以前的事。

「十三。」倪匡兄說。

「真快。」我嘆息，「你今年多少歲了？」

「七十。」

「不會吧？」我一想起他那頑童樣子，怎可能變成古來稀？

「千真萬確，」他說，「前幾天才剛過生日，倪震也趕來舊金山，說替我慶祝一下。後來一家人到海邊去散步，我即刻著涼。」

「不要緊吧。」

「傷風罷了，但是咳嗽的時間很長，像我這把歲數人，絕對不適合出遠門，去香港是件大事，不像你到處亂飛。」

「慣了，也沒什麼。」我說。
「最近會到什麼地方去？」
「明天半夜去巴黎，有一個老朋友病了，要去看看他。」
「要住多久？」
「一個晚上，」我說，「第二天乘火車去倫敦，再到劍橋，參加大學頒給查先生的一個榮譽學位的宴席，三天後回來。」
「查先生已經八十了吧？身體還那麼好，我真羨慕他。你那個朋友病得嚴重嗎？」
「我希望不會，見到才知道。」
「老朋友有病一定要看，不看再也沒機會。你還跑得動，繼續忙碌好了，不必考慮到退不退休的問題。」倪匡兄說。

開心

一看，只有茶餐廳還開著，有些還是二十四小時營業的。

「就決定這一間吧。」倪匡兄指的是一家叫翠華的，我沒去過，也好。

一行六人，找到了位子坐下，看菜單，只有什麼A餐B餐之類，各自要了杯咖啡或奶茶，我走到鋪前淥麵（煮麵）的地方，這個時候，做的只有通心粉之類，見那兩大鍋已經燜好的東西，我問師傅說：「可不可以先來幾碟？」

師傅忙不過來，但勉強答應，由侍女捧來，柱侯牛肉和燜豬軟骨各一。

「滋味奇佳！」倪匡兄說。

一般人對話多用口語，像「很好吃呀」這一類，倪匡兄經常引用成語或說成文言文。

接著叫河粉和伊麵，見壁上寫著一條二十英寸長的熱狗，雖然是洋東西，也來一份。倪太弟弟要了一個豬仔包，上桌一看，只是牛油塗麵包，我說為什麼沒有豬肉，大家都笑我是一個鄉巴佬：「豬仔包樣子像豬仔罷了，圓圓肥肥。哪兒來的豬肉？」

倪太要了塊奶油吐司，那片麵包，可真厚，從前我們叫為大嶼山麵包。

那碟牛腩，帶筋的是剛好，吃到一塊淨肉的，燜得不夠軟熟，硬如木板，我開玩笑地問侍女：「可以不可以請師傅補上一塊？」

想不到她笑嘻嘻地說：「絕對沒有問題。」

又這樣那樣要了一大桌東西。

倪太妹妹搶著要買單，我先付掉。

「我們還要住上兩個月的。」倪匡兄說，「不能每次都要你付錢。」

茶餐廳實在是香港獨有的文化，自由行人士最愛光顧，明碼實價，不怕被人坑。我說：「天天給你吃茶餐廳，也吃不窮我。」

第二天看到報紙照片上的倪匡兄，標題寫著：「在茶餐廳內的倪匡，表現儼如孩子般，開心仰天大笑。」

唉，舊金山東西，很難吃吧？

不貴

從茶餐廳走出來。搬入公寓，一定要些什麼基本上的礦泉水和速食麵一類的，本來想帶倪匡兄去惠康百佳（兩大連鎖超市），但倪太弟弟說不如到時代廣場的city'super，便往那方向走去。

一路上，很多人都認出，大叫：「倪匡先生。」

有的年輕女讀者還要求簽名，倪匡兄來者不拒，笑著說：「還有那麼多人記得我！」

「你的書一代又一代看過，衛斯理沒有離開過香港。」我說。

「真威風！」倪匡兄自吹自擂。

倪太罵道：「你那麼矮！人家先看到蔡瀾，才認得出你！」

我也笑了：「我走在前面，這叫狐假虎威嘛！」

走進city'super，拿了購物車，倪匡兄前一陣子在家裡跌了一跤，必須用手杖，問他道：「要不要坐上去我推你一程？」

他才不管我，健步如飛，打了一轉：「美國的更大，這裡沒有什麼好看！」

「那你還要買些其他東西？」

「按摩器。」他說。想起他在舊金山的家一共有六張按摩椅，每層樓擺兩架，夫婦各一。用慣了，來香港椅子可以不買，也得要個按摩器才行。看了八樓「OSIM」的，是一大管彎著的機器，能夠搥背，又有熱風吹出，店員自稱是天下最強的，但倪匡兄嫌按得不夠重。又去了隔幾家的「OTO」，店員拿出一管小巧的，但力道厲害，這回他滿意了。

「多少錢？」倪匡兄問。

「八百多。」

「那麼貴！」倪匡兄大嚷。

「人家說的是港幣！」倪太又罵。

「不貴，不貴。」倪匡兄連忙向店員道歉。

豈有此理

一路步行回公寓，在報攤停下，見雜誌封面皆是倪震老弟抱貓裸照，《忽周》又有一篇倪匡兄的專訪。

「風頭都給你們父子占去！」我笑著說。

要了一份日報，倪匡大叫：「真厚！」

「星期五嘛。」報販說，「划算！」

倪匡兄搖頭：「全靠內容，沒有什麼划算不划算的。」

過馬路，見紅燈，我們等著，但已有人迫不及待衝了過去，倪匡兄大讚：「到底是大都市，不管什麼紅綠燈，舊金山的人，才等。」

唉，那種地方，真住霉人。

下階梯時，倪匡兄一失足，我即刻扶了他一把，他拍拍胸口：「好在倪太沒有看到，看到了，又要『哦』了。」

「關心你罷了。」我說。倪匡兄說：「廣東人的這個『哦』字用得真妙，普通話就沒有這個相等的字眼。」

「穿得那麼多，不熱嗎？」我問。

「已經脫了幾件了。舊金山現在攝氏十一度，這裡三十一，相差攝氏二十度！」

話題一轉，回到黃老霑，倪匡兄說：「那麼快就走！」

「他媽的！」我罵了出來，「不公平！」

「真是他媽的！」倪匡兄說，「豈有此理！」

已經到了公寓附近，見專營店「蛇王二」已開門，問要不要吃一碗生炒糯米飯？

「太飽了，什麼都吃不下。」

「那麼中午去吃海鮮。」

「也不行了。」倪匡兄回家小憩，晚上再約。

老友

董慕節先生歡宴倪匡兄，我做陪客，從澳門趕了回來。

約好在「陸羽茶室」三樓，我去了那麼多次，還不知道可以從旁邊乘電梯上去。以為早到，原來董先生夫婦已在那裡等待，還有音樂界名人蘇馬大也在座。

兩位都是我好久未見的朋友，董先生還是滿臉紅光，童顏鶴髮，活像一個出現在武俠小說中的人物。

「今年貴庚了？」我問。

「屬鼠，八十三。」董先生笑著說，一點也不像八十三。

「別在我面前賣老，我八十七了。」蘇馬大說，更是不像。

董太太也來了，和以前看到的一樣端莊，保養得奇好。菜上桌，董先生有些肥膩的東西已不吃了。

「醫生吩咐的。」他說。

倪匡兄嬉笑：「世界上有兩種人的話不可以聽，一是醫生的，一是太太的。」

「沒有醫生和太太，日子也不好過。」董太太反擊。

「可以那麼說吧：要活得逍遙自在，那兩種人的話不能聽；要活得健康安樂，兩種人的話都要聽。我強調的是健康安樂，不聽醫生的得不到健康，不聽老婆的？哼哼！女人嘮叨起來，絕對得不到安樂。」倪匡兄這麼一說，座上的男人都鼓掌贊同。

女士們也任由他胡說八道。這一餐，吃得很豐富，「陸羽」的名菜，都出齊了，飯後倪匡兄說了一件最近發生在他身上的事：

「去一家出名的店鋪吃龜苓膏，老闆走出來，說店裡有一個你認識的老友，隨著往牆壁一指，我只看到一大片殼，以為他在罵我和烏龜做朋友，後來仔細一看，是蔡瀾為他店寫了一幅字。」

大家聽了大笑，度過愉快的一個晚上。

給亦舒的信

轉播站

亦舒：

你走了，已有一段日子。

讀者依舊看文章，不覺得你的離去，但是做朋友者，想念得緊，許多我們共同認識的（朋友），都問候起你。書信，可解決鄉愁，也能變為一種負擔。記得當年我在外國留學，雖然得到家書的喜悅，但也有些不想回覆的問題，如何下筆，猶豫個老半天。

我想，要是書信也是一條單程路，那該有多好！故居的消息，友人的近況，全部定期閱讀，但又可不必回信，天下還有更樂的事嗎？多年前，我寫過一篇叫《中秋》的短文，說月亮是一個轉播站，當晚大家看見月亮的時候，古今友人，思潮結合。轉播站發出的訊息是公開的，大家都能參與，喜歡時才收聽，今後想念你的老朋友，都可以透過這個電台當DJ。

祝福

蔡瀾頓首

情歌

亦舒：

近來多與你老哥和大嫂吃飯，因為他們也快出國，我身邊又將少了一位喜愛的朋友。

和你老哥在一起總有樂趣，他不怕肉麻，什麼話都講得出。

轉了性的倪匡，每天早上上街市，親自下廚燒幾個送酒菜，與你大嫂分享。

我們在表示羨慕時，他老人家變本加厲地抓著你大嫂的胳臂，嘟著嘴做求吻狀，大唱：「妹妹我愛你。我愛你呀，我愛你。」

這首山歌是客家人最拿手的，我教他以客家話唱出，他一學就會，而且來得一個標準，比粵語更正確地發音。但是還有很多人聽不懂。

想起廣東老歌《點解我中意你》，座上年輕的一輩不會，倪匡卻即刻記得，又唱：「點解我中意你，因為你系靚，點解我中意你，因為你系靚，白白淨，真靚。所以我中意你，中意到我病……」

笑得我們由椅子掉地。這種人就算做盡天下壞事，也捨不得離開他。

祝福

蔡瀾頓首

塞車

亦舒：

一位叫利雅博的朋友，變賣了屋子，到加拿大坐移民監去，他最近因公事返港幾天，只有住酒店。

當晚我和他一塊去吃飯，坐上車，他搖搖頭，第一句話就：「我在香港住了三十幾年，這一次，不是住在自己的家，才發現，原來來了香港，我已經沒有家。」

為了令他高興，我陪他去了好幾家餐廳，像上樓梯一樣，一家一家去吃。

避風塘的艇還沒開放，我們去一家模仿該地菜式的館子，大吃炒辣椒蜆和螃蟹、河粉和艇仔粥時，遇到黃霑，他現在由半山區搬出來，住在灣仔，逍遙自在地初次享受著獨身漢子的生活。

我們後來又到黃霑家去聽音樂，一聽就幾個小時。回九龍，已是清晨四點鐘，過海隧道的車子還在排長龍，深感香港的繁華。這一次的塞車，我們並不抱怨，覺得等待，是應該的。

祝福

蔡瀾頓首

圍棋

亦舒：

在黃霑家做客的時候，看到他案頭的原稿，發覺他標題也寫在稿紙的第一行的格子裡，三四個字已經填滿二十格。

我驚訝。黃霑笑我這麼多年來還不懂得用這個方法節省字數。

想想，這也不應該怪黃霑，因為有許多出版商，已經先用骯髒手段對付我們。記得在一本月刊寫東西時，對方答應我一個字是多少錢，結果寄來的稿費不對，原來這傢伙不但把行頭行尾的空格不算，而且還將標點符號也刪除，實在太奸。

對付這種人，只有用黃霑的辦法：講好一張稿紙的酬勞，然後盡量空格，最好是算到把休止符放在新一行的第一個格子上。

當然，文章的內容比字數重要，密密麻麻，但枯燥無味的例子諸多。私向來主張排版應像下圍棋，應有空間喘氣，構圖也較悅目，並非稿費或偷懶的問題，你說是嗎？

蔡瀾頓首

祝福

三洲書

亦舒：

終於，由查先生請客，我和你大哥大嫂及數位好友去了日本。吃完睡，睡完吃，享盡最高級的牛肉、魚蝦蟹，半夜再吞碗叉燒麵才肯入寢。你大哥在幾天內胖了幾磅，大叫：「太痛苦了！」

旅途中，聊過今後如何聯絡的事，大家決定求《明報》在副刊開個方塊，聯合董夢妮，每人一個月寫十篇。夢妮身居大洋洲，倪匡在北美洲，我留在香港算不了什麼大地方，勉強說是亞洲吧，故欄名取為「三洲書」。

我們將自說自話，偶爾也互相交換點意見。當然還是以風風月月的人生樂趣為主題。今晚，倪匡兄嫂上飛機到舊金山，我沒有送行。他性子急，一抵機場一定第一個衝入閘，見不到他影蹤的。

依他的個性，玩金魚、貝殼、音響等，一個時期換一個，丟下後再也不沾手，去了美國是不會回來的。我們多希望他再扭計（鬧脾氣），一著陸，馬上改變主意，打回頭，但……

祝福

蔡瀾頓首

文章

亦舒：

本來擬好的專欄名字是「三洲書」，由你大哥、董夢妮和我三人輪流執筆，前幾天查先生通知，命名為「海石榴手札」。

這是我們旅日住的旅館，印象良好，三人合寫的主意又是在該地產生，這個標題來得親熱，字面上亦較有詩意。

談到查先生的智慧，記起一段往事：

有一次到台北古龍家中做客，剛是他最意氣風發的時候，古龍說：「我寫什麼文字，出版商都接受：有一個父親，有一個母親，生了四個女兒，嫁給四個老公，就能賣錢。」

返港後遇查先生，把這件事告訴他，查先生笑瞇瞇地：「我也能寫：有一個父親，有一個母親，生了四個女兒，嫁給五個老公。」

「為什麼四個女兒嫁給五個老公？」在座的人即刻問。

這就是叫作文章！

祝福

蔡瀾頓首

樂士

亦舒：

我的寫作習慣是小睡之後，埋頭到明天。剛才驚醒，夢見到黃霑在，你大哥亦在。原來他根本沒有離開過香港，而是躲了起來。

兩人飲酒作樂，並以行動電話傳呼最新女友二名前來，聞其名，原來是港姐冠亞，好生仰慕。

我因瞌睡，拉開沙發床橫臥。

不一時，二女出現，且帶台灣北投之三人樂隊Nagashi，載歌載舞。

倪匡大樂，稱如此樂土，安能棄之而去？

我欲睜眼參加，但被睡魔侵襲，起不得身，恨未能消。

另有三名大師傅到會，燒新界盆菜宴之。第四名廚子是越南人，拿了龍蝦灌為臘腸，蒸熟後上桌。

二女舞蹈，已達瘋狂地步，盡寬衣。斯時你大嫂出現，手拿籬笆大剪，發出「Chop、Chop」之聲，倪匡和黃霑遂落荒而逃。

祝好

蔡瀾頓首

快活

亦舒：

電話中問倪匡回不回香港？他說大門都懶得踏出一步，連女兒叫他到附近遊覽區走走也不肯。回香港幹什麼？

我說有海鮮吃呀。他回答舊金山的活魚也不少，寧願乘一小時巴士到唐人街去買。

到了美國，倪匡每天買菜做飯，其樂無窮。日本鯰魚又肥又大，兩條六塊大洋，這種魚內臟盡是肥膏，甘美無比，已啖數十尾之多。

又說美國有種農場雞，黃油油的，拿來做燒鳥（一種日本料理）的烤雞皮，吃得肥死了算數。不過價錢比起普通雞要貴三四倍。

一隻雞能有多少錢？在香港吃一頓飯至少可以買一百隻。又取笑他天天做日本菜吃，不如去開家日本料理，他大叫主意不錯。

這樣也好，每天快活，閒而著作，這是多麼令天下作者嚮往的事！何必由我這個凡人，勸他重返俗世？

祝好

蔡瀾頓首

忙

亦舒：

你寫過：香港根本是僕街集中營，人人以僕來僕去為榮。沒有得僕，就會倒楣。

的確如此，認識的人沒有一個不是忙的，忙些什麼，有無成績，都不要緊，最重要的是忙，忙才有點生存價值。

說也奇怪，香港人沒一個不忙，但是要抽出時間的話，總是做得到的。有朋自遠方來，再怎麼樣忙也會擠出空閒敘敘舊。

我想，香港人的忙，最終的目的，還是隨時隨地「不忙」的權利。

移民到遠方的人，也忙吧，忙著去把時間浪費掉。

最近有個茶室要我替他們寫一副對聯，我看到地方暢闊，又把兩層樓打通，樓底很高，至少有二十四英尺，七字對聯不稱，乾脆寫對十五英尺長的：

「為名忙為利忙忙裡偷閒喝杯茶去。

勞心苦勞力苦苦中作樂拿壺酒來。」

祝福

蔡瀾頓首

寵

亦舒：

和你大嫂吃飯，話題當然離不開倪匡最近幹什麼。

倪太說整天除了煮三餐之外，什麼都不做，大門一步也不出，除了買藥。

但只有一次例外。那天倪匡興致到來，稱帶太太去看金門大橋，倪太沒去過，倪匡說：「你開車，我看地圖。」

兜了幾個圈子還是找不到之後，倪匡看到一條路，說直走就是了，但倪太一看，是條單行道，不肯開進去，倪匡卻大喊要直撞。最後只有就他，好在沒有大貨車進出。

到了金門大橋，泊車位滿，倪太要停在遠一點地方。倪匡又扭計，連幾步路也不肯走，結果金門大橋只有看一眼作罷。

倪匡是給我們這班朋友寵壞的，查先生寵他，黃霑寵他，沒有一個人不寵他，他便變本加厲，完全不講理。

唉，這麼一個妙語如珠，常惹人大笑，又語言常令人沉思的人物，不寵他，難。

祝好

蔡瀾頓首

不悔

亦舒：

想起年輕時曾經養過幾隻畫眉，工作需要，趕到外地拍十天外景，交代好友人看著。但回家時還是發現牠們的屍體。從此，連盆栽也不肯有一棵。

發誓萬一有了兒女，一定要做一個全職父親，朝九晚五的工作絕對不幹，只能做做繪畫者和賣文人，將事業當成副業才行。

至今我們並沒有後悔。見到一早就把兒女送到外國的友人夫婦，還不是等於沒生？不管多遲睡，我照舊一早起身，焚焚香，寫幾個毛筆字，再遊菜市場。時間，我還不夠用，絕對不會孤獨。

有兒女的人一直疲勞轟炸地告訴我樂趣如何。懂得欣賞京戲的人不斷地說學問有多深。收集 Swatch 手錶的說已有畢卡索女兒設計的那一隻。

各位有興趣，儘管去試，別煩我。

祝好

蔡瀾頓首

喝酒

亦舒：

那天去三聯為家父買書，遇一女職員，稱有位客人不斷詢問你哥哥的《六指琴魔》是否有續集，她找不到倪匡，硬要我代問，因此致書，今日得他回信。他說並無續集，不過這種破書，也會有人問，可知寫作生涯甚過癮。

又，到過一個酒會，遇卜少夫先生，他老人家說也得倪匡來信，稱已不喝酒。聽了大吃一驚，他已不喜交際，除了買菜不出門，這正常得很；沒有女朋友，有點反常；但不喝酒，唉呀呀，唉呀呀呀呀（最後兩個呀要提高半個音讀出）。

即刻確定是否有此事實，倪匡笑著說：給卜公信，曾有「足不出戶，酒不沾唇」之語。只是為了討句子工整。其實，酒是入口，不必沾唇的。昨晚被曾江、焦姣在街頭攔腰抱住，就報銷了一瓶好酒，云云。

擦了一額冷汗。總之倪匡做什麼壞事，撒什麼謊，皆有一套方法解釋，有時無恥到說得出喝酒是上帝教的。

祝好

蔡瀾頓首

何藩

有些老友，忽然間想起，特別思念過往相處的一段時光。何藩，你好嗎？

讓我洗刷記憶吧：何藩是二十世紀五十年代至二十世紀七十年代，在國際攝影比賽中連續得獎二百六十七次的人，曾被選為「博學會士」及「世界十傑」多回，曾著有《街頭攝影叢談》、《現代攝影欣賞》諸書。

當年，陽光射成線條的香港石板街、菜市、食肆，皆為他的題材。雖然以後的攝影家們笑稱，這類圖片皆為「泥中木舟」的樣板，但當年不少遊客，都被何藩的黑白照吸引而來，旅遊局應發一個獎給他。

硬照攝影師總有一個當電影導演的夢，何藩不例外，一九七〇年拍攝實驗電影《離》，獲英國賓巴利國際影展最佳電影。

之前，已加入影壇，當時最大的電影公司有邵氏和電懋，他進了前者，在《燕子盜》一片當場記，影棚的人看他長得白白淨淨，做演員比較好，就叫他扮飾妖怪都想吃的唐僧，非常適宜，一共拍了《西遊記》、《鐵扇公主》、《盤絲洞》數片。

還是想當導演，一九七二年執導了首部作品《血愛》之後，以執導唯美派電影及文藝片見稱。

何藩每次見人，臉上都充滿陽光式的微笑。和他一塊談題材，表情即刻嚴肅，皺起八字眉，用手比畫，像是一幅幅的構圖和畫面已在他心中出現，非常好玩。

也從來沒見過脾氣那麼好的導演，他從不發火，溫溫噋噋，公司給什麼拍什麼，一到了現場，他就活了。

給多少錢製作他都能接受，他以外國人說的「鞋帶一般的預算」，在一九七五年拍了一部叫《長髮姑娘》的戲，賺個滿缽。

所用的主角丹娜，是一位面貌平庸的女子，但何藩在造型上有他的一套，叫丹娜把皮膚曬成黝黑，加一個爆炸型的髮式，與她之前給人的清湯掛麵的長髮印象完全相反。她又能脫，實在迷死不少年輕影迷。

何藩已移民外國，聽說子孫成群，不知近況如何，甚思念。

牟敦芾

牟敦芾屬於二十世紀七十年代的前衛人士，一來邵氏，就住在我們那棟宿舍裡面，我們經常喝酒作樂，聊聊各地的旅行經歷。

一九六九年他在台灣導演了較有智慧的電影《不敢跟你講》和《跑道終點》，大受好評，但不賣座，就流浪去也，到過非洲和歐洲。

當年的邵氏，像好萊塢一樣，求才若渴，也肯大膽用新人。由張徹提議，從台灣請來邱剛健寫劇本，後來也將牟敦芾羅致，讓他拍了《奸魔》、《剪刀石頭布》、《撈過界》、《連城訣》、《碟仙》等片子，其中在一九八〇年拍的《打蛇》，更被譽為另類文化的邪教電影（Cult Movie）推崇至今。

牟導演長得高瘦，滿面鬍鬚，戴個無框眼鏡，一副藝術家派頭，是模仿當年的嬉皮作風。本人也行相一致，去內地時，買中國第一輛哈雷到處飛馳，吸引了不少女子。

其女友都是港台大明星，有一次跟相戀多年的演員女友分手，還開了一個大型的記者招待會，轟動一時，當年的影壇男女離別，皆低調處理，只有他別開生面，比後來的藝人離婚記者招待會，早了數十年。

離開邵氏，牟敦芾轉到內地發展，拍了一部《黑太陽七三一》，劇情血腥暴力。為了求真實感，跑到東北攝氏零下數十度去拍外景，連挨幾個月，不是沒有苦功的。

這部講日本人用戰俘做人體實驗的電影，空前地賣座，牟導演自此享盡他認為的榮華富貴，買了輛大型老爺車，請了一個菲律賓司機，並囑其穿上制服。再購入一木製遊艇，時常出海作樂。也娶了一位大學教授，年輕貌美，住免費大宿舍。再接再厲，拍了一部續集式的片子，就沒那麼好運氣了。

最後，夫妻倆移民到美國，據稱牟敦芾還一直沒有放棄他當導演的夢想，不斷地提交新計畫，但不了了之。

牟導演，別來無恙？

丁茜

星海之中，不是顆顆閃亮，其中一位叫丁茜，少有人記得。

丁茜，一九四四年出生，香港人，年輕時已很有理想，演了很多出話劇，為墾荒劇團的台柱。用「墾荒」這個名字，確實是這個意思，話劇界當年在香港是不受重視的。

後來，她走入南國實驗劇團——邵氏的演員訓練班，由顧文雯先生主掌，造就不少紅明星，像鄭佩佩和岳華等人。

本名周堅子的她，一九六四年畢業後簽約邵氏，當基本演員，她的面貌和演技皆突出，只是個性孤僻，一直沒有擔正。

參演作品有《歡樂青春》、《金石情》、《我愛金龜婿》、《女校春色》、《女子公寓》、《亡命徒》等。《女校春色》全片在東京拍攝，由邵氏請來的日本導演井上梅次執導，是他的舊作改編的。

其他導演，要是一有重拍的機會，一定把之前犯的過失修正，或加入新的元素、角度和劇情，至少在人物的描寫上多下一點功夫，但我們的井上梅次不，他要求的只是片酬和速度，原封不動。

原片丁茜看過，對井上梅次甚為不滿，雖然導演諸多愛護，但她不領情，有次還當面破口大罵導演，我見到了頗為欣賞。

基本演員，收入有限，當年拍外景時公司提供外景零用和免費餐飲，丁茜一一省下，到了吃飯時間就拚命大吃大喝。

扮演校長的是資深導演沈雲，一直勸丁茜別吃那麼多，會吃出毛病來。丁茜不聽，結果真的病倒，弄到要送醫院。當今提起雖是小事，那時候真的弄得工作人員手忙腳亂。

丁茜的茜，念成「倩」，是 qian，第四音，但一般廣東人多叫「西」。既然是西，她與一位同期的學生拍拖（約會），把他的名字改為丁東，據稱後來兩人也結了婚。

丁茜，若在街上遇到時，記得向我打一聲招呼呀。

沈雲

說起沈雲，本名為沈燦雲，江蘇南通人，國立杭州藝專畢業，一九四八年來港，演過幾部戲，作品有《菊子姑娘》、《曼波女郎》、《提防小手》、《天地有情》、《青春兒女》等，是金峰的太太。

金峰是廣東潮州人，重慶大學肄業，本為舞台劇演員，與沈雲演舞台劇結識後結婚。一九四九年一度從商，一九五二年開始拍電影，主演不少歌唱片，紅極一時。與多位女明星合演，像鍾情等，但從未搞出緋聞，是位好好先生。

一九七一年，本為邵氏基本演員的他，借調給了韓國的申相玉。之後，他憑藉在《啞巴與新娘》中的表演，得到第九屆金馬獎優秀演技特別獎。

本名方銳的他，是電影化妝界一代宗師方圓的兒子。方圓是典型的藝術家，蓄鬍，全白，每日修剪，是一名美髯公，在《船》片中一開始粉墨登場，印象猶新。

二十世紀七十年代，金峰和我合作過《齊人樂》、《遺產五億元》等片子，我們以潮州話對答，相談甚歡，至今還一直懷念。

說回沈雲，她是位賢妻良母，供養兒子到波士頓念書。一次去看兒子，下飛機後，他兒子準備了被單和野餐用具，沈雲問說去哪裡，兒子不答。

一路，來到一個開闊的公園，找到一角，鋪了被，讓母親仰臥看雲，旁邊有一交響樂團做露天表演。

這種情景，香港何處覓？沈雲深深地感動了，決定舉家移民。

到了當地，無所事事，沈雲發揮出女人的天生本領，開了一家中國餐廳，從小變大，成為當地名人聚集的場所。

後來年事漸高，把餐廳賣掉，弄孫去也。

沈雲的女兒是空中小姐，與邵仁枚先生的小兒子邵維鋒相戀，維鋒長得高大英俊，為一大好青年。邵家父母反對，但維鋒始終此情不渝，也沒違抗家命，不結婚而已。

當今思念這些友人，金峰和沈雲，外國生活如何，你們好嗎？但願無事常相見。

樹根兄

我的大伯、二伯和四伯都是很長壽，只有三伯很年輕就得病去世。他只有一個兒子，我的堂兄蔡樹根。

樹根兄從小就過番（離開故土，到「番邦」謀生），在星馬幹過許多行業，對機械工程特別熟悉，沿海的捕魚小屋「居隆」，以前起網都要用手拉，樹根兄替漁夫們安裝馬達，省卻人力。

已經多年沒見過樹根兄了，他的兒子都長大了，各有事業。樹根兄今年六十出頭，還那麼粗壯。三更半夜「居隆」的馬達有毛病，一個電話，他便出海修理，漁民都很尊敬他。

近年來，樹根兄多讀書，精通歷史，而且有畫展必到，在繪畫上大下苦功，尤其是炭畫，研究得很深刻，親戚朋友只要略加描述他們的先人，樹根兄便能神似地將人像畫出來。

那天他來家裡，手提數尾鳥魚當禮物，說是漁夫朋友孝敬他的。喝了茶後，樹根兄和我父親敘舊，講的多是他小時對家鄉的回憶。

我從來沒有見過我三伯，樹根兄對他父親的印象也很模糊。家父記得最清楚的是三伯的手藝非常靈巧。

單說剪頭髮吧，三伯從不假手於人，他用腳趾夾著一面小鏡子，自己動手。理後腦的頭髮時，右手抓剪刀，左手握另一面鏡倒映到腳上的鏡，剪得整整齊齊，一點也不含糊。

有時家中沒菜，他便裝著在人家魚塘裡洗澡，三兩下子，空手偷抓了一尾大鯉魚，藏在懷裡，不動聲色地拿回家，被祖母笑罵一頓。

早年守寡的三嬸是一個不苟言笑的人。記得我小時樹根兄把她接到南洋，住在我們家裡。她帶了樹根兄的大兒子繃著臉坐著。吃晚餐時大孫子白飯一碗碗入口，掉在桌面上的飯粒也拾起來珍惜地吞下，我看得心酸再添一碗給他。三嬸看在眼裡，才跟我問長問短。

樹根兄和他母親甚少交談，反與家父親近，他問道：「我父親到底長得像誰？」

爸爸回答：「你年輕時我不覺得，現在看來，長的最像的是你。」

他告辭，爸爸送他到門口，臨別時看到他眼角有滴淚珠。

親人

有很多沒有見過的親人，在家父的描述下，我好像聽到他們的呼吸。我爺爺有個小弟弟，吊兒郎當，有天塌下來都不管的個性。年輕時娶了鄉中的一個美麗的少女，經一兩年都沒生育，我祖母卻生了五男二女，將最小的兒子——我父親——過房給他們。從小爸爸還是不改口地稱呼他們細叔細嬸，兩人都非常寵愛他。

老細叔自幼習武，會點穴。一天，在耕田的時候來了三兩地痞欺負他，怎知道給他三拳兩腳地打死了一個。

當時殺人，唯一走脫的路徑便是過番。老細叔逃到南洋，在馬來亞的笨珍附近一小鄉村落腳。幾番歲月和辛酸，總算買到二十畝樹膠園，做起園主，和土女結婚生子。

一方面，老細嬸一直沒有丈夫的音訊。她織得一手好布，也不跟我祖母住在一起，於鄰近買了一小棟房屋獨居。她閒時吟詩作對，不過從來沒有上學校的福氣，所修的文字，都是歌冊上學來。潮州大戲歌曲多采自唐詩宋詞。家中壯丁都放洋，凡遇難於處理的糾紛，都來找細嬸解決，連我奶奶都怕她三分。

經太平洋戰爭，我的二伯終於和老細叔取得聯絡，問他還有沒有意思回到故鄉。老細叔也不回答，默默地賣掉幾畝樹膠園，就乘船走了。

石門鎖起了騷動，過番三四十年的南洋客竟然回家了。大夥都圍來看他。拜會過親戚長輩後，老細叔拎了行李走入家門。

老細嬸並沒有憤怒或悲傷，打水讓他洗臉。只是到了晚上，讓他一個人睡在廳中。翌日，老細嬸陪他上墳拜祖先。老細叔又吊兒郎當地在家裡住下，偶爾到鄰近遊山玩水，吃吃妻子做的鹹菜，稱是世上的美味。

過了一陣子，老細嬸向他說：「這些年來，我想見你的願望已經達到。你住了這麼久，也應該要回南洋了。」

送她丈夫上船，再過了多年，老細嬸就去世。

死後在她家的牆角屋梁找出百多個銀圓，是她一生的儲蓄。老細嬸沒有說過要留給誰，她也不知道要留給誰。

夢香老先生

家父友人中有一位蔡夢香先生。他是潮州人，在上海法政大學讀書，後來寄居星洲和檳城。蔡先生是一位清臒如鶴，天真如嬰兒的老人，很隨和脫略，老少同歡。手頭好像很闊綽，隨身行裝卻很少，只有一個又舊又小的藤箱。一天，一個打掃房間的工人好奇地偷看他那藤箱中裝的是什麼東西，原來那三兩件的衣服已拿去洗，裡面空空洞洞，只有一張折疊著的黃紙，上面寫著「處士諱夢香公之墓」。

大家知道了這祕密不敢說出口，老人卻敏感地搶先聲明：「自己的身後事讓自己做好，不是減少後人的麻煩嗎？」

他更寫了一首詩：

隨處盡堪埋我骨，天涯終老亦何妨？

死生不出地球外，四海六洲皆故鄉。

一生中，蔡先生從來不用床。疲倦了躺在醉翁椅上，像一隻蝦一樣曲起來做夢。夢醒又寫詩作對，寫完即刻拋掉。什麼紙都不論，連小學生的藍色方格簿上也寫。桌上一本書也沒有，但是看他的詩、書法和畫，可知他的功力極深。除了做夢，蔡先生還會吐納氣功，清醒的時間只有十分之二三。當他作畫時，不知自己是書是畫，是夢是醒：醒後入夢，而不知其夢。對於他，什麼所謂畫，什麼所謂醒，都不重要了。

有一天，一件突發的事破壞了他一貫的生活規律。那是他中了頭獎馬票。本來冷眼看他的人都來向他借錢。他說：「想見面的朋友偏偏不來看我，因為馬票已成友情的障礙；而怕和我見面的卻天天包圍著我，這怎麼辦？」

還有怎麼辦？他暢意揮霍，過了一年半載，把錢花光了，然後心安理得，蜷曲醉翁椅昏昏入夢。

文人的生活到底不好過，他流浪寄居於各地會館，終遭白眼。蔡先生於八十三歲逝世，我一直無緣見他一面。今天讀他的遺作，知道他在臨終那幾年已喪失了豪邁，他寫道：

處處崎嶇行不得，艱難萬里度雲山；
不如歸去去何處，隨遇而安難暫安。

這首詩與他當年「四海六洲皆故鄉」的曠達心情是相差多遠，不禁為他老人家流淚。

阿叔

小時，最大的樂趣是等待星期天。一早，爸爸、媽媽、姐姐、哥哥和我，手抱著弟弟，一家六口穿了整齊乾淨的衣服，乘了的士，由我們住的大世界遊樂場，直赴後港五條石阿叔的家。

阿叔姓許，我們沒有叫他許叔叔，只因他比我們的親戚還親。

車子經一警察局、一花園兼運動場和一個巴刹（馬來語，指市場），向左轉進條碎石路，再過幾間平房，就是阿叔的花園。我們按鈴，惡犬汪汪，阿叔的幾個兒子開門迎接。

花園占地一萬多平方英尺，屋子是它的十分之四，典型的南洋浮腳樓，最前端是個有頂的陽台，擺著石桌凳子。

笑盈盈的阿叔，有略微肥矮的身材，永不穿外衣，只是一件三個珍珠紐扣的圓領薄汗衫和一條絲製的白色唐褲，圍黑皮附著錢包的腰帶。頭髮比陸軍裝還要長一點，一張很有福相的圓臉，留了一筆小髭，很慈祥地說：「來，先喝杯茶。」

由陽台進主宅的門楣上，掛著一副橫匾，寫了幾個毛筆字，簽名並蓋印。

第一次到阿叔家時拉爸爸的袖子，問道：「寫些什麼？」

爸爸回答：「這是周作人先生寫給阿叔的，是他的這個家的名字。」

「家也有名字嗎?周作人是誰?」我還是不明白。

「你以後多看書,就知他是誰了。」爸爸很有耐性地說,「也許,有一天,你會學他寫東西也說不定。」

「但是,」我不甘休,「為什麼這個周作人要寫字給阿叔?」

「阿叔是一個做生意的商人,但是很喜歡看書,而且專門收集五四運動以後的書……」

「五四運動?」我問。

爸爸不管我,繼續說:「中國文人多數沒有錢。阿叔時常寄錢給他們,為了要感謝阿叔,就寫些字來相送。」

「文人很窮,為什麼要學他們寫東西?」我更糊塗了。

一年復一年,到花園嬉玩的時候漸少,學姐姐躲在書房裡,談冰心、張天翼和趙樹理。病中,捧著《西遊記》、《三國》、《水滸》,書籍真的有一種香味。

打從心中喜歡的還是翻譯的《伊索寓言》、《希臘神話集》等,繼之是狄更斯的《塊肉餘生記》、雨果的《悲慘世界》,接著是俄國的《卡拉馬助夫兄弟們》、《戰爭與和平》,最後連幾大冊的《約翰.克利斯朵夫》也生吞活剝。

阿叔的書架橫木上貼著一行小字:「此書概不出借」,但是對我們姐弟,從來沒搖過頭。我們也自覺,盡量在第二個禮拜天奉還,要是隔兩個星期還沒看完,便裝病不敢到阿叔家裡去。

轉眼就要出國,準備瑣碎東西忙得昏頭昏腦,忘記向阿叔話別就乘船上路。

爸爸的家書中，提到阿叔逝世。為生活奔波，我連流眼淚的時間也沒有，心中有個問題：「阿叔的那些書呢？」

所藏的幾萬冊都是原裝第一版本書籍，加上北京、清華等大學的學報、刊物和各類雜誌。五四運動以後出版的，應有盡有，而且還有許多是作家親自簽名贈送的。三十年代，在上海出版的三種漫畫月刊，也都收集。有些資料，我相信兩岸未必那麼齊全。

阿叔在南洋代理手揸花三星白蘭地、阿華田沖調飲料、白蘭氏雞精等洋貨，他的店鋪並沒有什麼裝修，一個門面，樓上是倉庫。

在一旁，他有一間小小的辦公室，裡面除了一個算盤之外，便是一副工夫茶具。薄利多銷是他的原則。也許是因為染上文人的氣質，他的經營方法已是落後，晚年代理權都落到較他更會謀利的商人手裡。

病榻中，阿叔看著他那幾個見到印刷品就掉頭走的兒女，非常不放心地向爸爸提出和我同樣的問題：「那些書呢？」

爸爸回答：「獻給大學的圖書館吧！」

阿叔點點頭，含笑而逝。

酒舅

母親好酒，一瓶白蘭地，三天喝完，算是客氣。七十多歲人了，還是無酒不歡。親戚友人嘴裡雖勸說別喝過量，但是見她身體強壯，晨練時健步如飛，倒令半滴不入喉的人，反而覺得自己是否有毛病。

人上了年紀，生活方式不太有變化。週末，爸爸和媽媽多是到十八溪前的豐大行去找一群老朋友聊天。爸爸有他吟詩作對的同伴，陪著媽媽的是一位我們的遠房親戚，他也好杯中物。慢慢喝，他們兩人一天三瓶不是問題。這親戚比媽年紀小，我們就管他叫「酒舅」。

酒舅身材矮小，門牙之間有條縫，身體結實得像一塊石頭，再加上頭頂光禿到只剩幾根稀髮，更像一塊石頭。他的笑話，講起來沒完沒了，講完先自己笑得由椅子上掉下來。《射雕》裡的老頑童找他來演，不用化妝。

出生於富家的酒舅，從小就學習武藝，個性好勝，到處找人打架。他又喜歡美食，更逢飲必醉，經常酒後鬧得不可拾，乾脆和惡友不回家睡覺，吵至天明。

鄰居第二天找上門來，他父親雖然恨透，但還維護著他，劈頭問鄰居道：「你兒子昨晚把我的兒子引到什麼地方去？」

問罪之人，反而啞口無言。

他父親是個讀書人，生了這麼一個不肯做功課的兒子，拿他一點辦法也沒有，差點氣出病來，但是酒舅不管三七二十一，照樣研究炒什麼菜下酒，不瞅不睬。與其他個性善良純厚的兄弟比較起來，酒舅是一個標準的惡少，村裡的人，沒有一個對他有好感。

唯一的好處，是酒舅好打不平，經常幫助人家解決疑難問題。遇到有什麼紛爭，他便站出來做和事佬。

他當公親，多由自己掏腰包出來請客，圖個見義勇為的美名。名堂雖佳，卻要向兩方討好。一次甲乙雙方爭於某事，幾乎弄到糾眾械鬥，他向雙方惡少說：「你們有膽，先把我殺死再說！」

惡少們知道酒舅曾經學武，能點穴，和人相打時，只用力踩對方的腳盤，那人便倒地不起。結果，大家都買酒舅的帳，一場大鬥，便不了了之。

酒舅，從小不靠家產，自己出來闖天下，由一個月薪兩塊錢的小子，漸漸爬到成為一間樹膠機構的經理。在那小鎮上，酒舅算是一個大紳士。

晚年，他父親不跟其他兒女住，而中意和酒舅在一塊，因為他談吐幽默，又燒得一手好菜。而這個兒子，和其他人想像的不同，到底個性忠直，一直對父親很親近。漸漸地，他也得到了他父親的薰陶，學了讀歷史的好習慣，對文學也越來越有修養。酒舅每天陪著他父親讀書寫字，練出一手柔美的書法，這一點，村子的人做夢都沒有想到。

去年，酒舅去中國旅行，參加了一個旅行團，團體有廣東省雜誌社的記者和澳洲的撰稿人及攝影師。

起初，大家認為酒舅是個南洋生番（喻指兇殘野蠻的人），樣子又老土，都不大看得起他。

一坐下來吃飯時，酒舅看到什麼地方的人就用什麼方言相談。

「你會說幾種話？」廣東記者聽了好奇地問。

「會說一點廣東話、客家話、福建話，還有潮州話……」

酒舅輕描淡寫地用標準的普通話回答說：「不過，這些只是方言。」

澳洲人前來搭訕，酒舅的英語更像機關槍。當然，他還沒有機會表演他的馬來語和印度話。

每到一處古蹟，酒舅更如數家珍。

他父親的教導，並沒有白費，他比當地的導遊更勝一籌，令得眾人驚訝不已，事事物物都要向酒舅探詢。

過後，《廣東畫報》有兩三頁的圖文報導，稱酒舅為罕見的南洋史學家及語言學家。酒舅讀後，笑得從椅子上掉下來。

廠長

一位世叔，為人十分忠厚，他身為一小職員，但我不明白，為什麼朋友們都叫他「廠長」。

廠長來自中國，二十二歲與同鄉的一個少女結婚，她只是一個普通家庭主婦，我不明白為什麼朋友都叫她「事頭婆」（老闆娘）。

廠長和事頭婆共設「一廠」，自結婚的翌年起，連續製造了十八個兒女。我才明白為什麼大家叫他們「廠長」和「事頭婆」。

廠長的職業是印務館的收件員，收入有限，何況他做人老實，從不收取外快，孩子生完一個又一個，真叫苦連天。每年最焦急的是開學的時候，廠長硬著頭皮東挪西借，朋友們亦知道借款是有去無回，還是給他支援。

印務公司是文化人創辦的，都有點良心，了解廠長的家境之後，分點家庭代工給他做，那便是承印名片和賀年卡。廠長的小型工廠效率極高，交貨奇準，因為他們一家四十多隻手，日夜趕工，從不脫期。

苦的是事頭婆每天必須把一切家具搬進房，客廳才能變為小工廠，到休息時又要搬回來。其實，她搬不搬也是一樣，他們那小小的巢，到了晚上，無處不躺著人。

作業趕完，三更半夜，廠長照舊想樂一樂，向事頭婆使了個眼色。多數給事頭婆罵一頓而作罷。

大家都以為廠長有過人之處，鄰居的太太問道：「事頭婆，廠長是不是……是不是特別地厲害？」

她淡然地回答：「沒有呀！」

「那……那怎麼百發百中呢？」太太問。

事頭婆生性詼諧，懶洋洋地說：「百發是百中了，但是一年只有一發。」

廠長生活雖苦，但也不失幽默。人家看他整天替別人印名片，自己卻一張也沒有，問：「你幹嘛不自己也來一張？」

「我沒有什麼頭銜，印來丟臉。」他說。

「隨便安一個不就行嗎？」

廠長想了一想，說：「好吧，就在抬頭印上『十八子女之父』好了！」

像殘片中的過場戲，日曆一張張地翻飛，轉眼之間，兒女都長大了。

十八個，都聰明伶俐，所謂優生學，全是鬼話，每個都青出於藍。

孩子們對於功課，阿大教阿二，阿四向阿三學。家裡地方小，樓梯口有公家電燈，這就是他們的教室。家庭教師者，休想染手。

課餘，他們組了口琴、合唱、乒乓、籃球等各一隊。貨趕完後，工廠有時也變成國術館，大家練起功夫來。成群結隊地走出去時，鄰近的頑童都要向他們低頭。

最辛勤的還是事頭婆，她負責清洗一家人的衣服，煮小工友們的三餐。應該一提的是，她把廠長的襯衫褲子洗得特別乾淨，燙得特別服貼。廠長穿著起來，大模大樣，別人看他，十足像間大工廠的廠長。

不過廠長袋裡只有單據沒有鈔票，他用一分一毫都要仔細算過。搭巴士時，專找擁擠時間，做要下車狀，售票員找到他時，馬上躍下溜走。

廠長在商場上，人頭熟，人家亦喜歡看他的笑容。足足有幾十家和他談得來。於是廠長在午飯時刻，必定輪流走動，在各店頭免費吃了一餐。當時的店都自己開伙食，多一個人吃也不在乎。飯餘廠長講的笑話大家記得，廠長一個銅板也沒付的事沒人想起。

又是一張張日曆翻飛。兒女們都修完中學，有的半工半讀上完大學，有的各自找職業，都有基礎。和二十多年前的廠長一樣，紛紛創造兩人世界。他們都知道父母的辛酸，每月均將部分收入奉送。十八個，加起來不是小數目。

如今廠長自己真的有間印刷廠，請不少工人。到了趕貨，人手不足，一個電話，所有兒媳都集合，勞動力增加數倍。空餘，大家索性自己辦一個四十人旅行團，遊歷世界。

回來，廠長又依然地到各處去收訂單，每天和商家聯絡。身邊老帶個呼叫器，人家說老是「嗶嗶」聲不吵死嗎？

廠長笑著說：「不，這是賺錢的音樂，唱的是苦盡甘來的歌。」

阿立的媽

阿立，是我們家鄉眾人皆識的人物。這並非阿立有過人之處，皆因他有一個很特別的媽媽。

當立媽是個少女的時候，她親眼看到她的嫂嫂難產，嬰兒腳先生出，痛得死去活來。她嚇了個半死，發誓永不嫁人。

但是，父母已為她做了媒，不過門也不行。男家三番四次催促，她還是寧死不依。父母沒有她的辦法，只有將一個丫鬟一塊送上。阿立媽嫁是嫁了，床上的工作由丫頭負責，她只掛名做少奶奶。

丫頭也很爭氣，一口氣為男家生了好幾個又白又胖的兒子。

之後，丈夫到南洋去謀生，一去就去了四十年，到了阿立媽六十歲，老番客才回到家鄉。族人大事慶祝，親戚們由鄉下到祖屋來參加宴會，一睹老番客的風采，乘機索點油水，屋子裡擠滿了人。

吃過飯，騎腳踏車回去路程也太遠，親戚們都留在家過夜，弄得老番客沒地方睡覺，跑去丫頭老婆那裡，看到了媳婦們抱著孫子呼呼大睡。

無奈，老番客爬上阿立媽的床，但被她一腳踢了下來。

「你這老混蛋，想幹什麼？」阿立媽大聲斥責。

老番客說：「雖然說是夫妻，我幾十年來碰都沒碰過你一下。我已經疲倦了一天，總不能讓我去睡街邊吧。」

阿立媽一聽也是，心也漸漸軟了：「好吧，就這麼一晚，你可不能毛手毛腳！」

他當然點著頭答應，半夜，他當然又開始毛手毛腳。

阿立媽雖然已經六十，但還是個處女，身體仍有凹凸之處。漸漸地，由毛手毛腳變成真刀真槍。

過後，阿立的媽紅著臉說：「早知道這麼妙，四十年前就應該給你。」

翌年，她生下了個男孩，取名阿立。立字，拆開來是六十一。

何媽媽

奇怪吧？我也有過一位星媽。

當我很年輕的時候，監製過一部叫《椰林春戀》的歌舞商業片，全部在馬來西亞拍攝，沒有布景。

女主角是當年最紅的何琍琍。

電影、生活照看得多，本人沒有見過，由公司派來。

聽到關於她的消息，不夠她媽媽多。

何媽媽是最典型的星媽，而當年的星媽，集經理人、宣傳經理、保姆於一身，其權力和勢力，絕非當今影壇所能想像得到的。

電影圈中人，都說琍琍很隨和，沒有架子，親切可愛；最難搞的，是何媽媽。

年輕時天不怕地不怕，兵來將擋，何媽媽會有什麼三頭六臂？

我們先到，把外景地看好，接著便打電話回香港，那邊說由新加坡轉國內機，晚上某某點鐘抵達。

在小地方拍戲，大明星來到，是件轟動到可以調派政府軍的大事。我們的車輛直驅機場跑道，去迎接她們母女。

螺旋槳的小飛機抵達，艙門打開，機場工作人員把扶梯推近，走出來的第一個人，便是何媽媽，她一身白色旗袍。最受注目的，也是印象最深的，是她戴著的白帽子，是貂皮做的。我的天，在南洋的大熱天中！

接著是琍琍。記者的鎂光燈閃個不停，何媽媽向各位微笑揮手，做足國家元首狀。琍琍的樣子依稀可在媽媽臉上看到，只是媽媽很瘦，變得臉有點長，兩隻腿露在旗袍外，像雞腳。

我這種小監製，當然不看在眼裡，沒打招呼。

一路回到旅館，門外已擠滿了影迷，至少上千人，根本就走不進去。當地警察開路，影迷不肯退讓，只好用卡賓槍的槍柄來撞，看到有些人被打到鼻青眼腫，還一直呼喊著琍琍的名字。

等到深夜，終於得到何媽媽的召見。

已卸了妝，臉色有點枯黃，頭髮短而鬆，脫了帽子的關係，凌亂得很，樣子實在嚇人。

把手上那本人手抄寫油印，封面四個紅色大字的劇本放在桌子上，何媽媽施下馬威：

「你知嗎？我們琍琍，是當今公司最寶貴的資產？」

「哦。」我回答，「怎麼啦？」

「你難道沒有看到，劇本上有一場在海邊游泳的戲？」

我以為何媽媽要反對琍琍穿泳衣，但又不是。

何媽媽說：「你這個當監製的，做好準備了沒有？」

「什麼準備？」我給她弄糊塗了。

「海裡有鯊魚呀！」何媽媽宣布，「萬一我們琍琍被鯊魚咬到怎麼辦？」

「淺水裡哪兒來的鯊魚？」我反問。

何媽媽翹起一邊眉毛：「你能保證？」

「這種事怎麼保證？」我也開始臉紅。

「所以問你有沒有做好準備呀！」何媽媽的聲音也越來越尖，「你可以叫人在外面釘好一層防鯊網呀！至少，你也應該準備一些鯊魚怕的藥水，放在水面，鯊魚才不敢來咬我們琍琍呀！」

已達到不可收拾地步，我爆發了：「這簡直是無理取鬧，你們琍琍要拍就拍，不拍拉倒！」

這時候何琍琍走了出來，沒化妝，還是那麼美豔。她每講一句話都像撒嬌：「媽，那麼晚了，快睡覺吧，明天一早拍戲，蔡先生還有很多事要做，別煩人家了。」

何媽媽才甘休，臨行狠狠地望了我一眼，尖酸哀怨，令人不寒而慄。

倒祖宗十八代的楣，隔天就要拍這場游泳戲。

攝影組拉高三腳架，燈光組打好反光板，男主角、導演、助導、場記一群人都在那裡等待，但女主角不肯下海，就不肯下海。

琍琍穿著蠻性感的泳衣，身材一流，好萊塢明星比例都不夠她好。

但是沒有媽媽的許可，她不能動。

快到大家急死的時候，我搶先脫了衣服，剩下條底褲，撲通一聲，跳下了海，向何媽媽說：

「鯊魚要咬，先咬我！」

眾人望著她們母女，何媽媽最後只有答應琍琍拍這場戲，琍琍望著我，笑了一笑，好像是說我有辦法。

之後整部戲很順利地拍完。何媽媽也不像想像中那麼難應付，她出手大方，差不多每天都添菜宴請工作人員。

殺青那晚，大家出去慶祝，我留在酒店中算帳，從窗口望出，見何媽媽一個人在走廊徘徊。原來何爸爸也跟著大夥來拍外景，而何爸爸在吉隆坡有個二奶，臨返港之前和她溫存去也。

我停下筆，走出去，把矮小枯瘦可憐的何媽媽抱在懷裡，像查理·布朗抱著史努比，何媽媽這時才放聲大哭。

「我的兒呀！」她嗚咽。

從此，我變成何媽媽的兒子，她認定我了。

電影圈中，我遇到任何困難，何媽媽必代我出頭，百般呵護。何媽媽雖然去世得早，我能吃電影飯數十年，冥冥之中，像是她保佑的。

琉璃

見面時，我們不禁擁抱。

歲月在我們身上都留下痕跡，但她還是回憶中的那個少女，一個不斷地追求精神上更高一層次的女人。

剛認識時，她已是位出色的演員。我們一起在東京拍戲，工作完畢，到一家小酒吧去。本來清清靜靜，給我們又唱歌又鬧酒，氣氛搞得像過年。是的，那是舊曆年的除夕，日本不過農曆年，只是個平凡的晚上。我們身處異鄉，創造自己的年夜。

另一年的元宵，我們一起到台灣北港過媽祖誕，鞭炮的廢紙，在街上一層鋪了又一層，有如紅色的積雪。

從來沒見過人民那麼熱烈地慶祝一個節日，各家擺滿十數桌酒席，拉路過的陌生人去吃飯，越多人來吃，才越有面子。

煙花堆成小山，已不是劈劈啪啪地放，而是像炸彈一聲轟隆巨響，刹那間燒光一切。

看個地痞變本加厲地拿個土製炸彈摻進煙花中，爆炸的威力令我們都倒退數步。

「虎爺不見了！」聽到人家大喊。

這個虎爺是塊黑漆漆的木頭公仔，據聞是在百多年前由大陸請神明請到台灣來的。北港的人民當它是寶，給那個土炸彈爆得飛上天空失蹤了，找不到的話，人民迷信將有一場大災難。

混亂之中，有些流氓乘機摸了她一下，我們這群朋友看了火冒三丈，和他們大打出手，記憶猶新。

好在大家都沒有受傷，虎爺也在一家人的屋頂上找到了，一片歡呼，結束了瘋狂的一夜。

從此，二十年來我們再也不碰頭，但在報上、電視上常看到她的消息，由一個專演娛樂片的明星，到拍藝術片，連續了兩屆影后的她，忽然息影了。

電影這一行，始終是綜合藝術，並不個人化。好演員要靠好的導演栽培。成為大師級的導演，又是誰出錢給他拍戲的呢？還不都是庸俗的商人。

她尋求自我中心的滿足感，終於找到了琉璃藝術這條路。

聽到這消息，真為她高興。這個藝術的領域，還是很少人去琢磨的。

書法、繪畫、木工、石雕等等，太多大師級的人物霸占著一席。如果大家都是以藝術家身分來互相欣賞，那倒無所謂。令人懊惱的是混水摸魚的人太多，攻擊來攻擊去，已不是搞藝術，而是搞政治了。

琉璃藝術在三千多年前的西周已興起。歷代中產生不少的光輝，到清朝還在鼻煙壺上努力過。近代東方人一直忽視了這門工藝，反而是在西方，深受重視。

美國的蒂芙尼（Tiffany）、捷克的李賓斯基（Libensky）的作品，我到世界的各大博物院中都曾經見過。二十世紀初的西方裝飾藝術中，琉璃作品裡也大量運用中國器皿為概念，這門藝術，應該在東方發揚光大才對。

有時看來像翡翠，有時看來像瑪瑙，有時看來像脂玉，有時看來像田黃。琉璃藝術的顏色變化多端。

這種法國人所謂水晶脫蠟精鑄法（Pate-de-verre），是將水晶的原粒，加入發色的酸化金屬，在爐中高溫熔化而成，過程複雜到極點。多年來，她一天十幾小時，就算酷暑炎午，她還是在攝氏四十度的高溫下工作，失敗又失敗地重複之下，得到的成果，來得不容易。

作品《玫瑰蓮盞》中，水晶脫蠟精鑄法已發揮到淋漓盡致的地步。碧綠的蓮葉，含著那朵鮮紅的小花朵，像一塊剛挖出來的雞血石，是大自然渾出來的斑點，意境極高。

眾多作品，我最喜歡的是《金佛手藥師琉璃光如來》。一隻金色的手臂，隱藏著面孔慈祥的佛像，概念是大膽而迎新的，這是從來沒有看過的造型，應該說是她的代表作吧。

法國的巴克洛和達利克把琉璃藝術發展在商業裝飾裡，開拓了廣大的世界市場，為國家爭取不少的外匯。

我們見面時，問過她是否會走法國人的商業路線。

她笑笑，表示留給她的夥伴張毅去做，自己只攻創作。其實她的作品中的「悲憫」和其他不同的主題，是外框很厚的玻璃磚，中間藏著各類雕塑，很適合運用在建築美學上，能將一堵平凡的牆砌成一件藝術品。

在我三十多年的電影生涯中，認識的女明星不少。家庭破碎的也有，潦倒的也有，消失的也有。

我也認識很多後來成為賢妻良母，家庭美滿的演員，俗人知道也好，不知道也好。

她應該是最幸福的一個吧。看到她的表情，很像《巴貝特之宴》一片的女主角，用盡一切為客人做出難忘的一餐。

人家問她：「你把時間和金錢統統花光，不是變成窮人嗎？」

巴貝特回答：「藝術家是不窮的。」

朋友常問說我寫的人物，是不是真有其人？她的例子，是真的。她的名字叫楊惠珊，又叫琉璃。

笑看人間

把生活的品質提高，今天活得比昨天高興、快樂，明天又要活得比今天高興、快樂。就此而已。這就是人生的意義，活下去的真諦。只要有這個信念，大家都會由痛苦和貧困中掙扎出來，一點也不難。

生命篇

死亡是人生的一部分，接觸越多，越看得透澈。向外國人學習，墨西哥人窮困，死亡一直陪伴著他們，所以有死亡節日，像巴西人的嘉年華會，大放煙花，小孩子買做成骷髏形的白糖來吃，和死亡為伍，慣了，就不怕了。我們總是不去談它。太怕死了，不是好事。

對於素食者，我們這般人都是嗜血的猛獸，這一點也沒說錯。羊吃草而生，跑得不快，我們不養殖的話早就被獅子老虎吞個絕種。牠不看門，也不耕作，活著是貢獻來養活別的動物。而且佛家也說過，沒有親自屠宰，還可原諒，我們安心吃羊去也。

樹有什麼好看的？首先，我們會感嘆造物者的神奇。一棵大樹，葉子至少有數十萬片，你想想，它要吸收多少水分才能讓這些兒女得到營養。看葉子的凋落，悲哀嗎？但到了翌年，樹上又長滿綠葉，這不過是一個成長的過程。釋迦在樹下，如何覺悟？

宗教信仰，會不會幫助對死亡的了解？這是肯定的，天主教唯一好處就是這點貢獻，教徒說相信有永生，所以在醫院的病人走得安詳。我們的信仰差得多，一直用輪迴來嚇人。

任何事都是有因有果，你膽小是因，疲倦是果；堅強上來，也是因，得到的寧靜，就是果。

鹽焗蟹就那麼生焗太過殘忍，螃蟹掙扎，鉗腳盡脫也不是辦法，故得讓牠一瞬間安樂而死。方法是用枝日本尖筷，在螃蟹的第三對和第四對腳之間的軟膜處，一插即入，穿心而過，蟹兒感覺不到任何痛苦。反正被我們這些所謂老饕吃了，生命有所貢獻，也不是太罪過，善哉善哉。

人老了，像機器一樣要修，道理我也懂得。問題在有沒有好好地用它。仔細照顧，一定嬌生慣養，毛病更多。像跑車一般駕駛，又太容易殘舊。但兩者給我選擇，還是選後面的，平穩的人生，一定悶。我受不了悶，是個性，個性是天生的，阻止沒有用，越早投降越好。到最後，還是命。

望出窗外，點點燈火熄滅，天已發紫。古人形容黎明，都以白色入題，我目所見，紫色為多。烏鴉飛過，當頭慘叫數聲，眾人迷信為不祥，為何不想想，該鳥是飛禽之中唯一會反哺者？至情至性，聽來極為悅耳。

貓，那麼有靈性的動物，怎麼吃得下？有些人說貓是外星人，這一點我深信不疑。看到所謂賣龍虎鳳的鋪子，心中生毛，絕對不會走進。要是漂泊在小島上，沒有食物，只剩下貓。那麼，我想我也不會吃，把自己當貓糧可也。

我們被強迫誕生在這個世界，不是我們願意的。後天的事，掌握在自己手中，能夠活得一天比一天更好，完全是腦海裡的事，我們有能力去平衡，這是做人最基本的條件。要過愉快的生活，要重新做人，不很難，把條件降低一點，知足，常樂。

殺海鮮不算殘忍。一隻龍蝦長大成材，經高手廚藝加工變成一道上菜，獻身給識食之人，才不枉此生。世界上不一定「貴」才好吃，最緊要是有冒險精神，肯找肯試，自不難覓得美食。

我太愛生命，捨不得把它睡了。生命太可愛，不能鑽進一種嗜好或追求中便迷失了。要從生活範疇中抽離，這樣便做什麼都不會沉淪。是我玩這世界，不是這個世界玩我。

年紀越大，我便對自己能生存下去的本事越有信心。因為我對生活的要求也越來越淡薄，所以我不需要積穀防飢。就算我一個人住在深山、寺廟裡面，我都可以有好多享受，我仍然會覺得生活很好玩。

老要老得有尊嚴，乾乾淨淨就有尊嚴。身上穿的是名牌，或者是花園街買的衣服，都要潔白、筆挺的。頭髮，如果還剩下的話，要梳一梳。鬍子，當然還有啦，留著也好，但是要修整，不然就刮光。中間路線，總給別人一個不乾淨的感覺，這也不是做給別人看，老了還管人家那麼許多？

抄《心經》的最大好處，是在家人和朋友有病難，自己感到無奈時，寫來送給他們，這是真正的「以表心意」了。

生存篇

年輕人處世經驗不多，面試時會感到不安、驚怯。但只要你知道，大家都是人，人人也是平等，便不會緊張。要克服這種心理障礙，可以望著面試官，幻想對方洗澡的樣子，甚是滑稽，便不怕他了。但是目光不可輕佻，否則會被視為色情狂。

一個人一生中最需要儲蓄的，是說實話的本錢。年輕人還沒有大本事，你面對同事上司，怎可能隨便給人臉色看？明明碰上看不順眼的人和事，你只有逆來順受，要一點虛偽也要圓滑，建立了相當的自信和說服力後，便有了說實話的本錢。

在這裡生存，真的是不容易，因此，你必須確保自己懂的比他們多，一點一點地累積他們對你的尊重，你要獲得他們認同，不可能是一夜之間可以達成的。

做食評人全因當年父母來香港，我帶他們去一處好有名的地方飲茶，需要等很久，那些侍應的嘴臉又不好，我便說要改善生活，以後朝這方向發展。

個性內向不是你的錯，工作能力方面，有些人永遠太蠢太鈍，這也是改不了的。我認為一直保持著一份熱誠就是了。任勞任怨又何妨？一定會遇到欣賞你的人。別老是喊著悶出鳥來，放輕鬆點，讓男人拿出鳥來。

打工者，有三條路可走。一是忍，那麼平平庸庸地過一生。二是走人，東家不打，打西家，但是這種用離開來逃避的人，會上癮，今後永遠打完一家又一家也沒好結果。最後是一面打仗一面準備後路的人，這種人比其他人有更多出人頭地的機會。

去爭取，不斷地減少你上面的人。爭取到你自己是最高的那一個，你就有足夠的權力去分配時間，當你做到最高時，就沒有很多人可以左右、支配你了。在你得到老闆信任的同時，他就會給你很大的自由度。

三十歲前我沒寫東西，當時為一份職業已經做得很辛苦，一直為生活奔波，三十歲後才慢慢賺到錢，有能力去買想買的東西，做想做的東西。儲蓄有兩種，一種是精神上的，一種是物質上的，前者才是重要的，我覺得錢到足夠時，就不須花太多時間去煩，因為不值得。

認真與瀟灑是沒有矛盾的，因為若處事不嚴謹，就沒有瀟灑的條件。一塌糊塗的人生，不叫瀟灑，叫混亂；處理好自己的事，打好基礎，然後才瀟灑得起來。成功的人，才有資格被形容為瀟灑；而成功是沒有僥倖的，背後一定有著刻苦努力。

一間公司的盛衰，就像一個循環不息的週期般，有起亦有跌，電影圈也是如此。一間電影公司不容易做到長久興旺，因為電影市道是隨著觀眾口味轉變而不斷起跌的。就算是電影公司本身的管理制度，也隨著時代不同，而不得不做適當的改變。

和好朋友聊天，無憂無慮，那是最基本的人生快樂。人生需要有一技之長，讓自己相信可以靠這個為生。對自己有自信，確定任何事情都一定要做好；多學一點，自信就會一直增加。

生活篇

把生活的品質提高，今天活得比昨天高興、快樂，明天又要活得比今天高興、快樂。就此而已。這就是人生的意義，活下去的真諦。只要有這個信念，大家都會由痛苦和貧困中掙扎出來，一點也不難。

那時候，我三歲……姐姐很乖，書讀得好。哥哥頑皮透頂，寫毛筆字課時，忘記帶水，就小便去磨墨，他人老實，自己告訴大家的。哥哥又喜歡剪報紙，把報紙中所有的廣告都剪下來，盤著腿，坐在地上剪，一不小心，剪到鳥，血流滿地，長大後也不用割包皮了。

一生中最怕遇見那種長吁短嘆，又不積極改善生活的消極主義者。跟這類人接觸，能量很容易被吸乾。誰未遇上困難？表面風光那些人，單是外表樂觀而已。問題是你怎樣面對困境。越介意旁人的眼光，越活得不快樂。到底你是為誰生存的？

做人總要有一個目標，確定之後，你就往這個目標走。從小就很羨慕那種比較自由自在，過得好一點的生活。那麼，就往這方向去努力，把自己扭扭捏捏的個性扭回來，這個做得到的。

人生變化多端，前面的事不可知，也不相信術士的占卜，對死亡我還是懷有不安感的。所以我羨慕有安樂死的國土，一個人可以選擇走下人生舞台的姿勢和準確時刻。被生下來，是不受控制的。但是連走，也不肯讓我抬高著頭走，就太悲哀了。

人，首先要自愛，不自愛就完蛋了，任何環境之下，自愛的人總有出人頭地的機會。加上努力，還不成功，天就沒眼了。

有一次，那個餐廳老闆用毛巾包著一封利是（紅包），內裡有五千元，我即刻回給他。我想：今次我收五千，下次人們給四千九，我會罵他；你會不斷期望六千、七千，不會停的……況且，我都不是那麼平（便宜），五千元哪裡支使得了我。

父親逝世在做頭七的時候，請來兩名僧人，念經時聽起來很熟悉，原來他們把經文譜上《月兒彎彎照九州》的曲調，想起此事不禁冒火，心中大罵：禿驢！燒祭品之前，要先拜土地公，一份冥幣和茶葉及糖果。冥幣每張五億，加起來有數兆元之多。他媽的真是個貪汙的傢伙，要是當地有貪汙調查局，非舉報不可。

任何事，由第三者來判斷，總是缺乏準確性。自己的經驗，不管是好是壞，終究是屬於自己的。假設，從創造性的角度去看，是積極的。許多偉大的理論，都由假設得來。假設，如果往消極去走，得到的只有不必要的悲劇和一生的後悔。

有些事，是註定的。既然明知是反抗不了，煩惱來幹什麼？人類的邏輯不能解決，求哲學家分析，他們似是而非的理論並不能滿足我們，唯有信命了。我們所說的「緣」、「前世」、「今生」，都還可以勉強地暫時給我們一個答案，姑且信之，好過繼續迷惘。

不喜歡我不正經，也不要緊，我還是活得快快樂樂。大家有大家看法，不必去理會。我算不算是你偶像，並無所謂，偶像是未成熟的人創造出來，成熟之後，就不迷偶像，轉變為欣賞。欣賞是可以接受的，我欣賞的人很多。肯自修，肯充實自己的人，我都欣賞。

聰明的演員，除了生活在角色裡，還要生活在角色的內心中，才能讓觀眾留下深刻的印象。這種精神上的支持，並不只發生在戲裡。我夢蝴蝶，或是蝴蝶夢我？虛虛假假或實實在在，我們都得活下去，當它是真的，就是真了。

從小，父母親就要我好好地「做人」。做人就是努力別看他人臉色，做人也不必要給別人臉色看。生了下來，大家都是平等的。人與人之間要有一份互相的尊敬。所以我不管對方是什麼職業，是老是少，我都尊重。

說謊話是人的天性，有必要的時候就說；沒那個需要的，像森林中的土人，就不必說謊話了。宗教、學校、家庭裡的人都教我們別說謊話，結果這是他們最拿手的玩意，他們說得最多。說謊話是一個事實；但事實，是不用說謊話來解釋的。盡可能的情況之下，不要傷害到對方。

很小的時候我已經知道做任何事都要盡力、要開心，即使不開心都不要讓人知道。不過不快事不會經常發生，因為我本身個性已經很不在乎的了。當然仍會遇見令我不開心的人，一定會的，如果沒遇過，你就不會快樂，不會深切體會快樂的感覺。

書本上和紀錄片中，看過信鴿的報導。遙遠的路程，牠們都會記得。歷史中，鴿子是傳訊的重要工具，人類沒有郵政時要靠牠們。第一次大戰中牠們更是貢獻不小。有了禽流感也好，放鴿子一條生路。幾年後，當大家忘記了這場浩劫，再去欣賞牠的飛翔，重新確認牠代表的和平吧。

熱愛生命的人，一定早起，像小鳥一樣，他們得到的報酬，是一頓又好吃又豐富的早餐。我的奶媽從小告訴我：「要吃，就吃飯，粥是吃不飽的。」奶媽在農村長大，當年很少吃過一頓飽飯。從此，我對早餐的印象，一定要有個飽字。

以為被蟹鉗鉗住，就像被剪刀剪著一樣，原來蟹咬人，是用蟹鉗最尖端的部位上下一鉗，我的手指即穿二洞，血流如注，痛入心扉，唯有保持冷靜，用毛巾包住蟹身，出力一扭，斷掉蟹鉗，再請人把鉗子左右掰開，方逃過一劫。今後殺蟹，再無罪過之感。大家扯過平手，不相怨恨也。

佛教故事教人說，你被人騙，是上世應還的債。現在給人騙，總好過年老時才給人騙。到上了年紀，打擊更大。乘年輕受了這個劫，是福氣。我不喜歡聽這個故事，還是覺得非報仇不可，一有機會，以牙還牙。別以為一向待人好便一定得到好報，對人好是一種「送」的行為，不是用來「收」的。

人生總是漂浮不定的，我們為什麼能夠穩重呢？好像船上有一個錨，我們有最傳統的信條，就是很簡單的，父母教的：孝敬父母，對朋友好一點，對年輕人要好好教導，遵守諾言，遵守時間。我們遵守了之後，人生的目的就很清晰了。很難，但是要做到。

我們不騙人，在社會上根本生存不下去。遇到愚蠢的老師，說她笨嗎？即被學校踢出來。奸詐的上司，指出他陰險嗎？飯碗也被打破了。戀愛由說大話開始，喜歡了就會騙對方。討好、附和等等，都在撒謊。

男女篇

一個有品味的男人的扮相，自然是最要緊的。有點華髮，與上了年紀的人身分極為吻合，更有穩重可靠的感覺。臉上的皺紋，是男人畢生的經歷，比掛在胸口的徽章更有光輝，何必去掩飾？所以上電視前的化妝，一點也不需要。如果不夠自信，那麼喝口酒更好。

美男子的毛病更不可勝數。自我中心、輕浮、不學無術，壞起來比醜男人更厲害。可以接受他們的，只因扮相尚佳。看看好了，千萬別接近。絕對能夠看得通透，而且絕對騙不了別人的是男人的眼神。

好男人一定有好看過的時期，壞男人從頭醜到底，補救樣子醜，唯一辦法，是態度謙虛，以勤補拙，或者，他們在事業上有所成就，日子一久，變為越來越順眼，樣子便能被接受了。可惜大多醜男人和同種的女人一樣，多作怪。

又換角度，又對焦，左等右等就有點煩，他們比相機還要傻瓜。有時出現個非親非戚的生人，一下子就來個老友狀，勾肩搭背，如果對方是個大美人，又另當別論，否則真想把他們推開。最恐怖的是有些大男人還要抓你的手，一捏手汗溼淋淋，我又沒有斷袖之癖，真有點噁心。

大男人並非指愛欺負女性的那類，「大男人」的意思，是希望身邊的人也同意他的見解，也支持他的看法而已。故此，若是老年人，我希望他會是「大老年人」；若是女人，我希望她是「大女人」；若是小孩子，我亦希望他是「大小孩子」……因為這表示他們對自己有著一定的自信。

人絕對可以貌相，我是一個絕對以貌取人的人。相貌也不單是外表，是配合了眼神和談吐，以及許多小動作而成。這一來，看人更加準確。獐頭鼠目的人，好不到哪裡去，和你談話時偷偷瞄你一眼，心裡不知打什麼壞主意，這些人要避開，越遠越好。

嬉皮也分兩種，一種是搏命，成為巨富；另一種是安逸於平凡，但為了生存非做一點事不可，找到一個地方落腳後，開間咖啡廳或精品店，賣很有品味的東西，也可終老。這個現象出現於西班牙的伊比薩小島和印度的果阿邦，當今的人稱之為嬉皮的墳墓。

這世上，沒有比打著正義旗幟的狂熱分子更恐怖的了。自古以來，這些人借著宗教、道德、政治的名義，不知殘害了多少無辜的人。他們有自己一套的想法，也要把他們的想法強加給別人。

我遇到很多美女，和她們談上一個小時，即刻知道她們的媽媽喜歡些什麼，用什麼化妝品，愛駕什麼車。她們的一生，好像都濃縮在這短短的一小時內，再聊下去，也沒有什麼話題。當然，在某些情形之下，你不需要很多話題。

靈性就是你看起來不笨，眼神、表情的變化好多；跟你接觸過以後，她的感情變化又好多，不是死氣沉沉地在想一樣東西，你每一次跟她交談，她都有一個不同的姿態去吸引你，這些就叫靈性。

做女人先要有禮貌，這是最基本的，溫柔就跟著來了。現在的人很多不懂。像說一句謝謝，也要發自內心，對方一定能感覺到。誠意是用不盡的法寶。

原始的母性社會中，女人已經不斷地在主導男人的命運。再進化，也改變不了，就像蠍子一定要叮死人一樣，不管男人對她們多好。打起仗來，女人的兵法比孫子還要厲害，到最後，她們以為已經統治天下。但是，她們還是需要男人。越早明白，越早投降，越聰明。

喜歡獨立的女性，自己養活自己那種，最好思想成熟，獨立自主，溫柔體貼。最尊敬的當然是母親大人，因為父親過世時，母親沒有哭哭啼啼，表現得非常堅強，減少了子女的悲哀。

香港女人有一個專長，那就是喋喋不休地洗先生的腦，你要休息時，就來搞你，搞了整夜不疲倦，因為，當你上班時，她們可以睡覺。

樣子普通，但有一股靈氣的女人，最值得愛。什麼叫有靈氣？看她們的眼睛就知道，你一說話，她們的口還沒有張開之前，眼睛已動，眼睛告訴你她們贊不贊成。即使她們不同意你的看法，也不會和你爭辯，因為她們知道，世界上要有各種意見，才有趣。

愁眉深鎖的女人，說什麼也討不到她們的歡心，不管多美，也極為危險，這些人多數有自殺傾向，最怕是有這個念頭時，拉你一塊走。

女人，年輕時放棄愛情最可悲，年老時放棄金錢最可悲。喜歡比較開朗的女孩子，不喜歡多愁善感。林黛玉那種就不喜歡。我喜歡《碧血劍》的何鐵手，她無條件喜歡男主角，而且嘻嘻哈哈。《神雕俠侶》的黃蓉是一個很可怕的女人。你看她老了以後，哎呀。

「做人難，做女人更難」這句話，是女人輕視自己才說得出的。男女平等，誰有特權？是的，做人很辛苦。但是思想上弄清楚了，總會解決。

女人博學一點是好事情。和博學的女人交往，可以增長許多見識。好的女人始終是不會老的。很奇怪，四十歲的女人看上去只有三十歲。她們很有魅力，心態年輕，胸懷廓大，衣著大方。庸俗的女人老得快，天天化妝打扮老得更快。拚命整型？更糟糕！

愛情篇

年輕的時候，我愛過一個很美麗的女人。她說我們在一起，只准快樂。我答應帶她到巴西、威尼斯、巴賽隆納，凡有大型嘉年華的地方，都要和她一起去。後來她生了病，離開了我。她死後，我拿著她的骨灰，每到一個嘉年華，我就替她拋開一把，到現在，只剩下最後這一把了。

一個為了愛情而自殺的人，是一個神經有問題的人。他不為你自殺，也會為自己自殺。

是的，你在他心目中的地位連狗都不如，是的，你是一個沒自我、沒尊嚴、沒性格的人！這又有什麼不好？這就是愛，偉大的愛！被千千萬萬年輕人歌頌的愛呀！要接受的話，便要接受到底，像耶穌一樣，給人在左臉打了一個巴掌，還要用右臉迎上，哪會想到有沒有跌打酒？

只要你和他在一起是快樂，就在一起；不快樂，就分開。只要一天沒有結婚，無忠與不忠的，他也可以有第二個女朋友，濫不濫看你自己，多幾個男朋友不叫濫交，叫多一點選擇。

我並不是不喜歡你。只是還沒有確定自己的感情，我答應你，要是我知道我不會後悔，我們下一次見面，我一定給你。

我的上一代，男的就能和幾個女子和平共處，和我同個年齡的年代中，也看過女的很大膽地打破界限，和兩個男的住在一起，那要看你在不在乎世人的批評。

活在兩個不同的社會裡的戀愛，不是罕見的。有些人還會愛上流氓，愛上囚犯呢。當他們有其他選擇，才會驚醒。這好像一個人，第一次吃泡麵，就以為是天下美食一樣。他們不知道什麼叫雞絲麵、義大利麵、刀削麵、貓耳朵、粿條、烏龍麵，等等，等等，味道錯綜複雜，是多麼美妙。

只對著一件東西，哪知道天下還有很多男人等著你？男女的戀愛，應該是平等才對，哪會只有他找你不肯你找他？他說和他同居的女人是他嫂嫂，你也相信的話，下一個不同的女人出現時，他會說是他老母的。

人爭得要生要死，愛得死去活來，他日回首，還不是一個笑話。我很小便覺悟到今日的煩惱將變成明日的笑話，所以我盡情享受、盡情放縱，在不傷害別人的原則下，這又何妨。人為什麼怕死？就是因為恐怕還未享受夠。

男人和女人分手，「我不想看到你不開心」，是一個很好的藉口，一句很容易學到的對白，總之，把責任推到別人身上就算。男人塞零用錢給女人，是一種變形的支付嫖妓費的方法。可以心安理得一點嘛。女人收了他們的錢，在感情上的債，就減輕了。同時，在男人心目中的地位，也減輕了。

「愛情不是擁有」這句話，是得不到愛情的人才會那麼自我安慰。愛情絕對是擁有，擁有對方每一方寸的肌膚，無時無刻不接觸，思想上、肉體上。

有了愛，就有恨。以為和對方上床，對方就是屬於你的。有人要和你分享戰利品，就得殺死這個敵人。也沒說這是錯的，你們從前沒有經歷過的感情，就去享受好了。你們會想盡辦法，把愛人搶回來，這是在愛情戰場上一種基本訓練。敵人隨時會出現，甚至到了你們結婚之後。

時常，我們為種種因素，把中意的人放在一邊，但是世間有「日久生情」這句古語，看多了，見慣了，慢慢地喜歡上，這才是長久的愛。

女孩子裝純情和專一，當然比較能得男人的歡心。但是個性只能暫時裝一裝，一久了就露出馬腳，如果想要一段長一點的感情，就不必去「裝」了。浪子的心，是永遠抓不住的，只有一直付出，毫無條件地接受。浪子的心，給你抓住了，就是普通傻瓜一個，一點也不可愛。

女人是一定不會接受那些沒有「才」，又沒有「財」的男人，如果你是女人，為什麼要接受這種男人？有任何一種都還可以接受，兩樣都沒有？唉！女人會喜歡比她們小的男人。這道理和男人喜歡年輕的女子一樣，問題在於這個男人有什麼本領吸引到她？

有些人愛得偉大，為一個女人可以家破人亡，事業盡毀。有些甚至默默跟在女人後面替她提鞋也在所不計。平常人看來可能有點笨，但這些可以算是真愛，或叫癡情。以為失戀要生要死，過後才知道其實不外乎如是。

愛上一個男人，但知道發展下去會產生悲劇，就即刻終止這段關係，乾脆得很。男人比較拖泥帶水，這是男人天生的個性吧！女人說走就走，古語也言：「天要下雨，娘要嫁人」，都是阻止不了的事。

我越來越覺得美醜不是一個問題。多作怪的醜人，才無可救藥。只要有可愛的個性，做人開朗豁達，就算人又醜又身體殘缺，也有人愛的。勤能補拙，快樂和幽默感可以救醜。我更認為凡做任何事，努力最重要，這包括愛情。

讀過《聊齋》這本文學，有一篇叫《畫壁》，異史氏說的幻由人作，我贊同；不過說人有淫心，是生褻境，人有褻心，是生怖境，就和我們的想法不一樣。人有淫心是很自然的生理變化，為什麼一定要產生恐怖呢？快樂不行嗎？

真愛是不能解釋的，唯有感覺到。一接觸便不可收拾，能拋棄一切，甚至父母兄弟姊妹，只為了對方，什麼事都做得出。真愛是盲目的，也很容易消耗的。愛的力量，一次比一次減少，直到你已不能再有這種感情。這時候，你不會痛苦，但也不會再遇到真愛了。

男人都不會珍惜主動追求自己的女孩子，這是真的。性格不同，才是最佳伴侶。性格太相像，會造成互相殘殺的結局。戀愛經驗豐富的男人，不喜歡戀愛豐富的女人，男人就是那麼自私。

戀愛是令人煩惱不堪的。但是同時，戀愛也是世上最甜蜜、最溫暖、最愉快的感覺，沒有煩惱來摻雜，那種幸福的感覺就不會產生，一帆風順的愛情，是淡出鳥來（索然無味）的愛情。

尊重對方，給對方私人空間。真愛是不應該夾雜金錢和物質的，那些要有樓在手，有存摺、戶口做保障的，沒資格談情說愛。

感情開始時大家也不認識，時間久了，缺點才慢慢浮現。但也沒壞呀，好自然會產生壞，愛情裡一定有痛苦，否則就沒有甜蜜，這是相對的。愛到盲目時什麼也看不到，那就有優點！不盲目就不是愛情了。

永遠不要和年輕人吵架，反正說什麼也不會聽！做父母的也不必苦口婆心，最多用激將法，年輕人反叛，聽了自然不服，不服你做給我看看。愛得要生要死，我們都經歷過。當年說沒有了你我活不了。當今還不是過得好好的？

誰會忘記自己的初戀呢？可是又有幾個人的初戀會有圓滿的結局？大家終於分手。記得的，是個溫柔、體貼，整天幫助別人，不為自己著想的女子。沒有一個人真正死亡。只要有人想起，這個人就活著的，只要有活下去的意志，人就不會死。

長大了去韓國，在沒有暖氣的鄉下理髮鋪裡，少女用雙手摩擦出熱度，抹在臉上才刮鬍子，記憶猶新。愛人的長髮在你臉上和頸部摩擦，更有如從前的電影廣告：緊張、香豔、刺激、肉感，所以古語中有「耳鬢廝磨」這句話。

表白只有三個可能性：她給你機會，拒絕你但繼續跟你做朋友，或是跟你絕交。事情得到解決，真相大白，總比你暗自痛苦好得多。緣分這東西絕不是你等一下便到來那麼簡單的。你能認識她已是有緣，但並不代表你們有成為情侶的緣分。

所有的流氓都有一個共同點，他們會先用片刻的溫柔取得少女們的歡心，除此之外，和他們交往一點好處也沒有。以為他是你們唯一的男人，這是一廂情願的想法，真正能過著出生入死生活的男人，一個女人是滿足不了他們的。

愛情是飄忽的，絕對會消失，容易消失。愛情被戲劇、詩歌歌頌得太偉大，思春期一過，冷靜下來，就發覺愛情短暫。

真正愛一個人，會愛上一生一世，能在一起固然好，要是那人愛上別人，你也得祝福，繼續保護，這叫風度，但已經很少人聽懂什麼叫風度了。

受害者，始終好過害別人，能夠勇敢地一次又一次下注碼，就開始知道什麼叫愛情了。

婚姻篇

男女一起生活，是一場停不下來的鬥爭，要看最後誰是強者。一般人卻配合得很好，有時女的勝，有時男人說話大聲一點。大家的性格起初因為年輕，都很剛強，後來越碰越軟，也變成所謂互相遷就、互相容忍的老夫老妻，雖極不合理，也是必然的無奈。

人與人相處要互相尊重。打人，已破了戒，不管是陌生人或是親屬，誰都沒有權利毆打對方。糾纏不清的家族關係，永遠是苦惱的尖端。

婚姻這回事，只能兩廂情願，要不然遲早完蛋，不如不玩。一對情侶並不一定要坦誠相對，保留自己的一些祕密，絕對不是滔天大罪。互相欺騙，別太過分，也屬於遊戲的過程。長大後，有些事，寧可聽到對方的謊言，也不願意接受殘酷的事實。

感情轉淡，是理所當然的事。任何感情，日子一久，都會變淡的。天荒地老是小說電影編出來騙人的。因為這種事不可能存在，所以歌頌起來特別吸引人。白頭偕老的伴侶多數是逼於無奈，表面風光罷了。有哪一對夫婦不是為瑣事爭爭吵吵而活下去的呢？

跟一個合不來的人勉強在一起，無聊得很，你要與他廝守一生一世？人家才不這麼想。一向的事實，是結婚前什麼都說好，結婚後就越來越不順眼，不能容忍下去。人要改變？談何容易，所謂三歲定江山，人性是天生的，再改也會回到原來，只有低能的人才會想去改變個性。

婚姻可以用一碗釀豆腐來比喻，既然叫了，即使是不好吃，是一個錯誤的選擇，但我也有責任把它吃完，不可以半途捨棄。

朋友篇

老朋友像古董瓷器，打爛一件少一件。已逝矣，故友們。時間是不可挽回的，你恨吾生已晚亦沒用，像孝順老人家一樣，要趁他們在世時造訪，還有眾多朋友等著你去結交。

友誼的建立，在於真誠。男女間的感情，不能理喻，一段關係疲倦了，也不難理解。只知道應該對活著的人好一點，對已經走的，也沒什麼失敬之處，點到即止。

學會了尊重，要尊重人家的生活方式；也學會了禮貌，以禮待人很多事都可以解決；要謙虛，做人不能太自大，再厲害也一定有人比你更強；要寬容，真的有很多很多人比你不幸，對人要寬容點。

每人都有優缺點，與人交朋友時，我們要看他好的一面，若你一直挖他的瘡疤和缺點，只會讓自己辛苦，也不會交到朋友。

我在新加坡有個很要好的朋友叫曾希邦，這些年來我都把自己的感受、體會一一寫下寄給他，描述非常詳細，每星期通信達三次之多，但我要求他每次看罷我的信就把它們寄回來，好待我每次落筆寫作出現題材缺乏的時候翻信從中找合適的主題。

淡化的感情會比較好。君子之交，可以發展到夫婦之間的互相尊重，最簡單的原始基礎，是以誠待人；不需要的時候，不要去做太假的事情，這樣，就不斷會有新的朋友、新的感情去發展。

所謂生存，便是交朋友。而人家為什麼要和你交朋友呢？因為你誠懇、有料、很努力地做事情，當朋友一多，關係就來了，到時你便可以開始工作；沒有人不喜歡勤勞的人，漸漸地，機會便會走到你面前。

我根本不會刻意去得罪別人，我也不想去傷害任何人，可是如果別人還是覺得我得罪他，那我也沒有辦法，也不去理會這些東西。就好像說你在馬路上不小心踩到一堆狗屎，那你只會把鞋子往地上蹭乾淨就是，你總不會找塊石頭去扔那堆狗屎吧！

世界篇

每個人的一生，生活方式都是很單一的，旅行就是讓你看看別人是怎麼活的，然後把他們的優點容納到自己的生命裡來。

阿姆斯特丹河邊的一棵大樹，葉子上千萬，垂至水上。有一天我走了，樹尚在，這是做人最簡單的道理，爭執來幹什麼？我想，對大樹的尊敬，莫過於死後把骨灰埋葬樹旁，與它共同取笑人生之荒唐。

戰爭是最野蠻的事，為了霸權，為了貪婪，為了以宗教為名的面子問題。從前的戰爭，是搶掠。皇帝不會做生意，只有靠搶了，不然國家不能壯大。當今只要買賣做得好，就會變成強國，打什麼仗呢？打仗是最花錢的一件事。

我們不能以自己的口味，來貶低別人的飲食文化，而怎麼去發掘與享受這些異國的特色，才是作為一個地球人的基礎。拚命找本國食物，不習慣任何其他味道的人，都是一些土包子。

一個地方的美好，不在於風景，而是人。有了電視和電影，什麼古蹟沒見過？電腦網路上的資料，比你看過更詳細，當然親見經歷到底不同，但左右你對這個地方的印象，是當地的人。

到每一個地方都一定要懂得當地的歷史背景，至少也要知道當地所發生過的歷史事蹟，對人民的飲食文化有何影響。例如由非洲至澳門都有蝦醬，因為大家都經歷過殖民地時代，都有這種殖民地政府遺留下來的飲食特色。真正的旅遊人就要具備這些條件。

洋人穿唐裝，男人總像功夫片配角；女人穿旗袍，衩開得有如歡場女郎。看得搖頭不已。我們到義大利最好穿英國西裝，到英國穿法國的。著日本和服，非但穿得要像樣，還要穿得比日本人好，一樂也。

「泰山石敢當」五個字。小時候不懂的，以為拿了泰山的石，也敢拿去當鋪撒野。原來不對。泰山有個人姓石，名敢當，勇得不得了，惡魔看到他也要避開，所以後人在石上刻著他的名字，放在牆角，就能辟邪。我也即刻買了一塊。鬼怪事，已落伍；要辟，辟些撩是生非的八婆可也。

無論昨晚吃得多飽，清晨一到，飢火燃燒，總想往外跑，去吃碗道地的麵，別人眼中是安定不下，但旅人知道真正的原因還是不想把時間浪費在睡覺上面。如今一算，在酒店度過的日子，的確不少，當年的願望，是詛咒，或是祝福，不知道。只是明白放翁之癖，苦樂兼至，從不後悔。

你可以在菜市場裡看到當地人的生活水準，賣的東西有很多選擇，生活水準還蠻高的。如果那裡物資十分貧乏，生活並不富裕。當你知道當地售賣的肉一斤多少錢，那當你談生意或是購物的時候，你心裡就會有個標準，不容易受騙了，因為你可以從這裡推算出當地的生活水準來。

在生活環境最壞、最窮困，總之日子都過不下去的時候，蘇州男人還拿了一個茶杯放一點水，放一點浮萍在上面，每天看著這個浮萍長大。在中國，還是有這樣的生活態度。這也不是苦中作樂，就是說：如果一個人的思想自由開放，環境就不能夠限制他的思想。

看山水畫，永遠都有個書生在河中乘著小艇，河的前方是連綿的山巒，山頂處永遠有一座大屋。妓院！你可以幻想自己是那個書生，一路上山，去探訪屋裡面的名妓！有很高學問，懂琴棋書畫之餘，又懂得陪男人，談一般女人不懂的話題，好高層次。

康康舞本來是妓院中的表演，裙內不穿東西，正式搬來給一般觀眾看的，發祥於「紅磨坊」。那一大群女人高舉裙子，擺動大腿又叫又跳，從前的人見到內衣底褲，已經精蟲上腦了，最後所有舞孃都一字馬地重重摔在舞台上，據說這是妓女們難度最高的一招，真的不能想像。

日本岐阜縣的「鵜飼」，所謂「鵜」，是鸕鷀，「飼」則是養的意思。鸕鷀，鳥類中的長頸鹿，是捕魚高手。漁民養了牠，在頸項底綁著繩子，鸕鷀便吞不下魚，放出去抓，抓了又逼牠吐出魚來給我們吃，感嘆人類的智慧，亦覺得是一件相當殘忍的事。

當年有個日本女友，已到論婚嫁的地步，她要求我見見她的父親，是位中學校長。我答應了，約在竹葉亭吃飯。訂了間房，他匆匆來到，人很斯文，坐在榻榻米上不聲不響吃鰻魚，問他什麼問題，也不回答。最後，飯吃完，老先生擦擦嘴說：「我反對我的女兒嫁給支那人。」

有很多地方想去，但是考慮了很久，還是去不成，怎麼辦？想走就走，放下一切，世界不會因為沒有了你而不運轉的，說走就走，你沒膽，我借給你。

金錢篇

財富是無限的，快樂則有限。錢財無限，沒有人認為會足夠；（但追求快樂受到年齡限制）到了七八十歲，不能運動，如何能夠追求快樂？我是個很重視「物質」的人，可以賺錢的，我什麼事都做。所以為了快樂，年輕人應該多賺錢。

我愛花錢，愛享受。甚至我的花錢本事遠遠超乎賺錢能力，但你要知道，我今天擁有的，沒有半點是靠地產或者投機忽然得到的橫財，全部是由年輕到現在的不斷付出，以勞力一分一毫賺回來的。

我相信給對方錢，才是最好的關懷。金錢不能買到快樂，那只是出現在巨富家庭，我們沒時間買關懷。快樂與否，是天生的；當今的科學解釋，也就是遺傳基因。

為理想而不顧錢的階段，在我人生也發生過，但是不多。不過錢多一個零少一個零對日常生活也沒什麼改變，錢只是一種別人對自己的肯定，我是俗人，我需要這份肯定。

人在資本主義社會中活著，必然要錢。錢代表了一切，身分和尊重由此而來，這是不變的道理，我們不必爭拗，也絕不能扮清高。嫌銅臭的人，已經可以被擺進博物館當古董。

要辦好一本雜誌，的確需要龐大的財力物力。讀者的水準已經提高，再不能允許次貨了。有品味的照片和豐富的內容，銷路就增加，廣告就來了，道理很簡單，但有多少本雜誌能夠做到？

煙花，人人會放。政府稅收雄厚，吝嗇富商也要奉陪，一下命令，匠人便點了起來。過年過節當然放，芝麻綠豆的慶典也放，維多利亞海港的煙花，看得孩子們打呵欠。錢花得精彩才叫奢侈，例行公事地花錢，叫窮凶惡極，放的不是煙花，是銅臭味。

美食篇

能試到各種菜，就是一種福氣了。書法老師給過我一個對子：「擇高處坐，向寬處望，往平地行；發上等願，結中等祿，享下等福。」我享的，就是這種下等福。自己喜歡的，常去的，環境不一定好。愛吃的人，是不會在乎這些的。

喜歡美食的人，不會認定自己是東方人或是西方人。人就是人，是一個世界上的人，是一個活在地球上的人。喜歡美食的人，較為單純，他們追求更好吃的東西，沒時間去動腦筋害人，很容易交上朋友。

看一個人的廚房能看出他的性格。灶頭比較小，就知道不太重視做菜。廚房講究的人大多是歐洲人。我在法國鄉下碰到一個醫生，他廚房裡很多炊具都有幾十年的歷史。廚房長桌很大，他說以前「二戰」打仗時給傷兵開刀，他就用那張桌子，特別好玩。

還我天然，還我純樸。冬瓜豆腐我來得個喜歡，豆芽炒豆卜更是百食不厭的，任何最普通的材料都能做出美味的菜來，問題是肯不肯花時間去找，肯不肯花功夫去做。能夠把平常的食物變成佳餚，是藝術，不遜於繪畫、文學和音樂。人生享受也。

滅絕中國菜的罪魁禍首，就是當今的人注意的「健康」。怕油怕鹹怕甜，這不敢叫那不敢吃，精神就有毛病。而精神上的毛病，往往影響到肉體上的毛病，現代人的毛病，是醫不好的。有錢就怕肥，當今的趨勢是開健身房吃減肥藥了。

我一向反對吃野味的，也不是因為什麼崇高的觀念，純粹因為烹調技術練習不夠，野味總不能天天燒來吃，大師傅如果能夠把雞、牛、羊和豬肉做得好，已經食之不盡。

一個人懂不懂得吃，也是天生的。遺傳基因決定了他們對吃沒有什麼興趣的話，那麼一切只是養活他們的飼料。喜歡吃東西的人，基本上都有一顆好奇心。對食物喜惡大家都不一樣，但是不想吃的東西你試過了沒有？好吃，不好吃？試過之後才有資格判斷。沒吃過你怎知道不好吃？

美食並不一定要貴才可以稱為美食，食物的水準和素質要求很重要。我們活在這個世界上也希望過得一天比一天好，如果你連這點要求都沒有，那麼你對任何事情都不會有要求，平平庸庸地過一生也可以，不過如果問我，我就會不甘願。

蔡家炒飯是先將鍋燒紅加入適量的豬油、大蒜，倒入泡肥的蝦米。煎至略焦放在幾層的面紙上吸去油分。把冷飯加入炒之，打一個或兩個蛋進去。把飯撥開，中間再放些豬油、炸香的豬油渣，加入生肉粒炒至半熟，以飯蓋之。隨即加切好的芥藍菜粒，先扔莖，續之葉，加蝦米炒熟，冒煙時，用適量的魚露。最後將黑胡椒粗末、炸到棕色的小紅蔥和芫荽碎片放下，更錦上添花。

我看食譜，但志在研究配搭，絕不照做，煮菜喜歡即興和創作。有時材料不用多，可用烹調技術搭救，變出不同花樣。除鹽、醬油外，我反對用調味料，反對勻芡，不介意用適量味精。

社會一繁榮，小販東西就不好吃。在新加坡煎一個蛋沒吉隆坡好，吉隆坡沒檳城好，最好的荷包蛋，要去泰國吃了。我在新關仔角吃到一頓印度囉惹，那是炸蝦餅、炸魚丸、炸豆腐等的煎炸東西切成一大盤，淋上獨有的印度醬汁，用花生末和咖哩甜醬配合而成，和兒時嘗到的一模一樣，感激流涕。

志趣篇

最能引起對篆刻的興趣者，莫過於閒章。閒章有時二字、五字、七字到數十字不等，可能是絕句的一段，但比一首長詩更動人。加上閒章布局如畫，更能表達詩意，深深地吸引住人，更代表了自敘的感情，對友人的思慕，還有無限的哲理。

碰上了就是「緣分」了。第一個緣是相識，若發展得成功，是「美滿的緣」，不成功的就是「孽緣」。第二個是「書緣」，從某些人的作品和自傳中，你會發現他們一些生活的智慧，你喜歡便可以學。還有「電影緣」，從電影接觸到的事物，開了很多扇窗給我去看外面的世界。

古人寫詩寫詞的時候，愛用典故，記憶力好，把以前的事來比喻現在的事，引經據典就要讀很多書，還要記得，普通人看了就不知道他們在寫些什麼，懂的人馬上就會發出會心的微笑。

現在到哪裡都有人唱卡拉OK，真是吵死人，我最討厭沒有自知之明的傢伙在人前表演，流行下去不只在餐廳，我想連殯儀館也有人唱卡拉OK了。但是唱得那麼難聽，死人起身參加唱：

「你知道我在等你嗎？」

文字可以簡練些，我也認為千萬不可被文字縛死，尤其是讀者未必有耐性看你文字，我寫稿就如講故事，一些可以用成語表達的意思我也用簡潔字眼代替，這樣初初會感覺困難，但慢慢用字上會更見輕鬆靈活。

為什麼吸菸？因為手指寂寞。我不知道自己是否屬於享樂主義者，我只知我從來不做對不起自己的事。

收藏品是身外物，所以我不會刻意去搜集，手上的東西，如友好欣賞，便送給他收藏，無論自己收藏品多麼貴重，大都比不上博物館內的珍藏。用來消磨時間，把自己沉迷在工作上的時間昇華出來，平衡自己的神緒。

讀書，是為了做學問。愚蠢的老師教，當然可以不去聽他，但是遇到好的教師，他會指點你一條路去走。遇不遇到好老師，完全是緣分，和遇不遇到好的男朋友或遇不遇到好的父母，完全是一樣的，不受控制的，什麼人都不能怨。

我絕不反對在小說裡加入性的描寫，這是人生感覺最靈敏的部分。用性來達到目的，也無可非議。許多文學和電影非常難懂，但有詳細的性描寫，先讓你有興趣看下去再帶出資訊，有什麼不好？時常問：「是真的嗎？是真的嗎？」作家哪有真和假，作家作家，作作加加。

有一種辦法，叫作自得其樂。做學問呀！我所謂學問，並不深。種種花、養鳥、飼金魚。簡簡單單的樂趣，都是學問。看你研究得深不深，熱誠有多少。做到忘我的程度，一切煩惱就消失了。你已經躲進自己的世界，別人干擾不了你。

如果只為升值及價值而去收藏某物件，這是一種膚淺的行為，我不會刻意去收藏某種物件。買一件你喜歡的，因為可以用上一生一世。

財富有兩種：一是錢；二是培養興趣，累積人生經驗。對我來說，後者比前者重要。別人說什麼將來沒有保障，其實怕什麼？活在當下，盡情享受，不就是此生無憾？

我的夢想，是在香港附近，開一間高級食府，常駐廣東、杭州、台灣三地的名廚，不設菜單，那天什麼新鮮就吃什麼。店內的女侍，全是一級美女，隨處坐臥，或彈琴，或弄箏，或吹簫。這是繼承中國古代飲宴的傳統，從唐朝至民國初年還有，可惜斷掉了。希望我開這個店，可以重新繼承這傳統。

抽菸一定傷身。抽久了支氣管炎一定跟著來。每天早上也必定咳個不停。我常將快樂和病痛放在天平上，看哪一方面多一點。智者說過：任何歡樂和享受都由犧牲一點點的健康開始。

男人有愛刀，收藏刀的心理，像一個永遠長不大的孩子。這和女人喜歡洋娃娃一樣吧？許多已經成熟的女人，看到她們的照片，床頭還是擺滿洋娃娃的。男人和女人最大的不同，是前者收藏短刀，只用作觀賞，殺傷力不大；而女人卻時常把洋娃娃從中撕開，看看它藏著的，是怎麼樣的一顆心。

美國南北戰爭，是進行曲最流行的年代，有時還以表演作為競賽。在一場戰爭中，各自排好了戰陣，先由軍樂團演奏進行曲一小時，最後南方軍忽然來一首《溫暖的家庭》，導致雙方兵士都淌下淚來，戰打不成。這證明，進行曲再好聽，也比不上一首感人的民謠。

我從小「流」學，一間學校「流」到另一間學校去，屈指一算，我「流」過的學校的確不少。除了「流」學，我還喜歡曠課，從小就學會裝肚子痛，不肯上學，躲在被窩裡看《三國》和《水滸》，當年還沒有金庸，否則一定裝患癌症。

「小品」源自佛家用語，指大部佛經的簡略版本，後人用來稱一般短小的文章，但字數少的並不是小品文，小品文的精神特徵是感情的真摯與深刻。在苦悶和枯燥的生活中，不妨多讀明朝小品。

在吃喝玩樂裡面，對人生看得較透澈。我本身不是一個快樂的人，但我覺得我可以在文化、讀書、旅遊得到。任何東西都可以分期付款，為什麼快樂不可以呢？先要快樂，然後分期付款你的悲哀。去旅行是絕對可以放縱。問題是你可不可以「收科」（收拾、收場）。不停扭轉、領會自己的現實。所以我會回來。

有好的吃，就吃。別相信什麼膽固醇。寧願信賴吃得過多，會生厭的。吃得過多，才有膽固醇。能愛就愛吧！別暗戀了。喜歡對方，就向對方表明，禮義廉恥可以暫放一邊，總好過後悔一生。學習新事物，如果你找不到愛的話，它能填滿你人生中的空虛，成為一種學問，你也會從中找到愛。

我認為會走路的人就會跳舞，會舉筆的人就會寫文章。不過跳舞的話，舞步總得學，寫作也要練習。光講，是沒有用的；為了發表而寫，層次總是低一點。不寫也得看，眼高手低不要緊，至少好過連眼都不高。半桶水也不要緊，好過沒有水。

豁達篇

想做人豁達，首先得在年輕時拚命，什麼都做，什麼都學，不埋怨。學習多了，就有信心。萬一目前那份工沒了，也可靠其他技能謀生。知道自己不會餓死，人自然清高，自然豁達。

沒有人可以綁住你的思想。偶爾的放縱是件好事。但是要放縱，先要學會收拾。不會收拾，是沒有資格去放縱的。不能收拾的放縱，就是本能的衝動。會收拾的放縱，就是即興了。

迂腐的制度下，產生迂腐的主管人員，大家死守著一套過時的規矩，按本子辦事，教出一群不快樂的學生來。老師的責任，應該負責開導學生的個性，鼓勵他們在有興趣的科目上努力。得到成就感，人就快樂起來。陰沉的個性，也有機會糾正得開朗。

個人看得開的話，煩惱不出在自己身上，是出在你周圍的人身上。喜歡的人，在不知不覺之中，完全變成另一個人，而你自己又改變不了對方的想法，煩惱就產生了。

各自有套獨特的想法，與眾不同，才能出人頭地。這群人有一個共同點，那就是他們都是書看得多，喜歡歷史，才明白過去的人怎麼失敗，自由是多麼可貴，以及坦誠地交朋友，得到別人的信心，伸出支援的手。

豁達的人，思想上帶著很濃厚的傳統味道，只是他們的表達方法和常人不一樣罷了。真，好奇心重，熱愛生命，什麼話都說得出。當你成為一個豁達的人，就會發現拘泥的人的所作所為很滑稽，自然笑得大聲一點。

我也沒有質疑傳統思想價值，像孝親敬老，這些傳統思想就很好，至於一提到酒和性，就認為不能公開討論，這太家長式了嘛，這就不對！其實大家都很聰明，為何要用自己的一套去限制別人，這是大罪惡。

我不喜歡強迫性的、有懲罰的制度，例如不及格就不能升班，不喜歡的科目也一定要讀，等等。在學校唯一學到的，就是知道自己懂得太少，比自己認為的懂得更加少。做學生，有張學生證，買什麼都會方便點，買火車票會便宜些……

高寶書版集團
gobooks.com.tw

高寶文學 074

人生真的很好玩：是我玩這個世界，不是這個世界玩我

作　　者　蔡　瀾
編　　輯　林子鈺
封面設計　林政嘉
內頁排版　賴姵均
企　　劃　鍾惠鈞

發 行 人　朱凱蕾
出　　版　英屬維京群島商高寶國際有限公司台灣分公司
　　　　　Global Group Holdings, Ltd.
地　　址　台北市內湖區洲子街 88 號 3 樓
網　　址　gobooks.com.tw
電　　話　(02) 27992788
電　　郵　readers@gobooks.com.tw（讀者服務部）
傳　　真　出版部　(02) 27990909　行銷部 (02) 27993088
郵政劃撥　19394552
戶　　名　英屬維京群島商高寶國際有限公司台灣分公司
發　　行　英屬維京群島商高寶國際有限公司台灣分公司
初版日期　2022 年 04 月

人間好玩 By 蔡瀾
由中南博集天卷文化傳媒有限公司授權出版

國家圖書館出版品預行編目（CIP）資料

人生真的很好玩：是我玩這個世界，不是這個世界玩我 / 蔡瀾作. -- 初版. -- 臺北市：高寶國際出版：高寶國際發行, 2022.04
面；　公分. --（高寶文學：074）

ISBN 978-986-506-388-7（平裝）

855　　　111003985